AVIÃO DE PAPEL

AVIÃO DE PAPEL

Beatriz Castanheira

apicuri

Rio de Janeiro
2014

Este livro está revisado segundo o Acordo Ortográfico da Língua Portuguesa de 1990, que entrou em vigor no Brasil em 2009.

Diretora Editorial
Rosangela Dias

Editor da Coleção
Jozias Benedicto

Preparo
Jonas Tranchesi

Revisão
Beatriz Dinis
William Oliveira

Projeto gráfico
Hugo Houayek

Capa de Hugo Houayek
Sobre "Panorama Ampliado", de Manoel Novello
Acrílica sobre tela, 200x250cm, 2013, coleção particular

Imagens do miolo: detalhes de pinturas de Manoel Novello
Fotos das pinturas: Thales Leite
Foto da autora: Thales Castanheira

CIP-BRASIL. CATALOGAÇÃO-NA-FONTE
SINDICATO NACIONAL DOS EDITORES DE LIVROS, RJ

C341a

Castanheira, Beatriz, 1968-
Avião de papel/ Beatriz Castanheira. - 1. ed. - Rio de Janeiro: Apicuri, 2014.
172p.:il; 21cm.

ISBN 978-85-8317-024-2

1. Romance brasileiro. I. Título.

14-14384 CDD: 869.93
CDU: 821.134.3(82)-3

24/07/2014 28/07/2014

[2014]

Moreira Dias Editora Ltda. - Editora Apicuri
Rua Senador Dantas 75, sala 2702, Centro
Rio de Janeiro, RJ - 20031-204
Telefone (21) 2524 7625
editora@apicuri.com.br | www.apicuri.com.br

Para Daysi Bregantini,
com um grande abraço
e boa leitura

Beatriz [illegible]
setembro/14

Para Luiz
Para Elis e Thales

É o avesso de um sentimento
Oceano sem água
Caetano Veloso, "Queixa"

Familiar. Nada grandioso. Sem o menor respeito, mandou que eu me levantasse e fosse embora de lá, onde não haveria lugar para mim. E tudo aquilo que tinha me contado, quis que eu tivesse ouvido apenas, jamais falasse nada a ninguém. Encolhida como estava, fiquei. Depois, ele dormiu. Antes que eu pudesse imaginar, antes que me viesse um nome ou me surgisse um verbo, dormiu. Até que já não mais nem noite nem dia, até o devaneio, devagar, fértil. Foi nessa hora, no meio-tempo, quase desperto, quando tocou.

Hermético, afasta-se e desencadeia a incoerência. No casarão, aquele aglomerado, inferninho, mafuá, conforme o classificavam. Impostoras, armadas até as coxas, nuas, cinturas, bocas, vestidas de algemas, homicidas, triplamente qualificadas. Manuseando pedaços, escolhe, rejeita e volta à prospecção da realidade escavando desejos, alguma tristeza, cheiros, a tosse – escuta-a como se ouvisse o próprio ronco. Engole, pressiona o céu contra a língua seca. Tocou, continua tocando. Mas o sono impede. Cavernas, minas de ouro, túneis, os tímpanos surdos de sono. Prolongam-se átimos, mais repetitivos menos resistentes. Luta. Ah, emergir, pra quê?

Por desejos escavados, tanto gosto. Desenvolver um projeto, impulsionar empreendimentos, empreender o progresso. Não, não se trata de ideal, isso é passado, o que acontece está, e é agora. Não se trata disso. Em benefício de corporações ou de pessoas, ambas, se é possível. Apenas desejos. Não tem por que tocar, e toca, já. Pensa que está sozinho. Solidão pleonástica como a de um menino. Esquenta uma das mãos dentro da cueca, abafa a boca agarrando-a ao quente do travesseiro. Com alguma tristeza, o sonho. Objetivos, como prisões, os mistérios que sufocam. Infinitos, os pesadelos libertam, fazem acordar. Com o passar dos segundos, toca, toca, e continua impedindo, este, o sono.

Enterrado, desenterrar-se. A outra mão escorregadia sobre os lençóis, a fronha, puxa colcha, estica a perna, alavanca o edredon ao pé da cama. Dobra e desdobra a borda da coberta como o desdobramento do que está por vir. Mas não nesse instante em que o som é estridente, intermitente, embora apenas provoque, ensaie o acordar. O que mobiliza, além de desejos, são cheiros, de café, pasto, estrume, boi nelore, curau, pamonha, roçar Ourinhos como se fosse um fardo. Engarrafamento, cano de descarga, farol vermelho, freada brusca, estofamento de couro, São Paulo, motorista, como se fosse hoje. Alucinante aroma de Londres mofada (*fish and chips*); impessoal e acrílica, no escritório; feita de borracha e aço no metrô. Vai explodir. Assim como se podem desviar segredos, compartimentam-se sensações, de suor, calor repugnante, feras cozidas, feitas como numa sopa, imundas as ruelas medonhas da Libéria, malária e morte no ar. Tão quente e ensopado quanto, tem de parecer limpo, então entranha-se nas narinas a água sanitária do Amapá, muita puta solta, que nível! E como é preciso amaciar o medo, molhadas, mas inofensivas, as pedras e a neve do Canadá. Quando a comida dá gases, é bom entrar numa farmácia e consumir a medicina chinesa. Outro dia, experimentar a água apimentada do México; ou o curry da Índia de todos os perfumes, de gente e de bicho, que se encaixam como rebites à subserviência mentirosa dos pobres para com os estrangeiros. Verdade que Minnesota fede a business e a fritura, a mulher feia e gorda, triste. Com alguma tristeza, o sonho. Ressoa, mas não atinge, como o olfato, o ponto. Quem chegasse de fora, diria, como são senhoras as mulheres do lugar. Pelo menos quanto ao que aflora à superfície. Austeras como as montanhas. Que já não são desconhecidas. Talvez tudo se trate nada mais que as próprias certezas, como a ferrovia que corta a cidade. Porém é inverno o outono, e não há maçãs; é barroco e rugoso o relevo. Pesado e eclético como só essa paisagem pode ser. A agudeza do som começa a esticar as cordas finalmente. Agrupando as primeiras ideias, são os sinos que badalam em Notre Dame? O que está ouvindo? Alarme do *iPod*, o fixo ou o *BlackBerry*? O que imagina fazer? Acender a luz, a pequena lâmpada da luminária. As mãos ainda desencontradas rastejam, répteis, ainda o deserto, e passam a saltar, como cangurus, até a mesa de cabeceira; e nessa confluência, acertam o interruptor e buscam o que parece ser... o som... o interfone... sim... alô. Doutor Otávio (porque todos os engenheiros aqui são doutores), aquela moça, a Clara (porque todas aqui são moças), está na portaria, eu disse que o senhor devia estar dormindo, me desculpe, mas ela pediu para insistir, autoriza a entrada?

O teto áspero, mal-acabado, não vai cair.

* * *

Hoje eu acordei depois de muitas noites em que dormimos juntos.

Otávio não sabe que idade tinha quando tudo aquilo começou a acontecer. Soube que estava acontecendo apenas mais tarde. Quando somos crianças, não sabemos quando estão nos olhando. Não conheci ninguém da família dele, apenas ouvi Otávio contar que um dia o pai estava sentado numa cadeira. Uma das moças, sob a janela, atravessada pela luz, estava inclinada sobre o malão e, com paciência, dobrava roupas.

Sei que de repente estava sendo observada.

O que significa isso?, perguntou Otávio me encarando.

Eu, eu já explico. E olhei pra ele com um sorriso.

Foi o máximo que consegui expressar amassando as folhas cor-de-rosa entre as mãos, atirando-as no banco de trás; interrompi meu sorriso.

Desculpe. Estou fazendo a maior bagunça por aqui.

Otávio, encostado ao capô, enfiou a cabeça para dentro querendo saber, com um olhar neutro, o que eu havia jogado no assoalho da *Pajero* como quem arremessa em direção a uma cesta de lixo; talvez fosse um papel inofensivo, ele certamente pensou, um desembrulho, uma pista de que eu pudesse ter adquirido um vestido ou um batom (para Otávio, tanto fazia), ali mesmo, na rua de trás, e o deixado cair no chão do carro ou desistido dele. Pensara em conversar sobre o assunto outras vezes; neste dia perdi a coragem. Sabe de uma coisa, Otávio? Chegava a ensaiar. Depois, pensei, como é que vou dizer pra ele que estou escrevendo a sua história, e ainda por cima que pretendo falar de suas dificuldades, contar tudo aquilo que lhe aconteceu quando tinha seus sete, oito anos? Por mais aberto que procurasse ser, havia nele certas contradições, então jamais permitiria que sua vida fosse posta assim, nesses termos. Otávio é desses homens em quem não se pode confiar, se preciso for. Não quero dizer com isso que eu esteja abrindo guerra contra ele, pelo contrário. Gostaria apenas que reconhecesse os serviços que lhe presto. No fundo, não encontro outro adjetivo para descrever Otávio, mesquinho; além de preconceituoso, embora a gente saiba que a própria palavra preconceito esteja proibida hoje em dia, embora saibamos também, jamais estaremos curados. Como é que vou dizer isso a ele? Há algum tempo estou certa do que terei de fazer e é fantástico pensar que poderia fazê-lo em poucas palavras, sem contar detalhes. Mas não corresponderia à realidade. Às vezes chego a pensar que este desejo possa parecer um sórdido capricho. Longe disso! Ora, um homem comum, de quase um metro e noventa, mais magro ainda em mangas de camisa listrada, este vestuário do engenheiro-padrão; um homem aparentemente equilibrado que eu tinha diante dos olhos havia partido de muitos lugares para chegar até aqui. Mandaram ele pra cá e ele aceitou vir, não como uma trégua ou uma solução. Sim, veio parar na cidade porque não podia aturar um minuto mais longe do castelo que construíram pra ele, como se constrói uma herança, como se está sujeito a uma fatalidade. Posso falar dessa forma, assim, honesta, como quem confessa um pecado, porque pouca gente conhece Otávio como eu. Como conheço! E, para falar a verdade, a essa altura já sabia de tudo que Otávio tinha feito antes de me conhecer. Então tudo se justifica. Além do mais, ainda hoje penso, se ele gosta tanto assim da minha companhia, se acha que pode fazer o que quiser de mim, e na ideia que faz a meu respeito. Por exemplo, que pedra, que anel me daria de presente? Seja qual for, é bom guardá-lo para o lançamento do livro. Já achei que não devia insistir. Que talvez me fosse melhor investir numa carreira promissora, como fez a Clara; ou num concurso público, como a Silvinha. Se isso tivesse acontecido, possivelmente eu estaria hoje num outro lugar, meus dias não seriam tão pesados, não precisaria implorar um espaço de joelhos, ninguém me consideraria infinitamente inferior. Lembro da minha mãe e dela me dizendo: *Reaja, filha, reaja. Liga não, meu amor, elas não valem seu dedo mindinho*. Por isso agora vou terminá-lo. O livro. Ah, vou. Vou concluí-lo. Sonho com isso. Sonhando, a gente vive atormentada. Uma noite dessas acordei exausta, como se naufragasse, acordei esgotada por ter sonhado com o lançamento, quanta pretensão! Sonhei que estava numa mesa redonda na *Feira de Frankfurt*. Agora mesmo, uma ânsia de vômito, só de pensar. Não espero que a história de Otávio resulte num *best-seller*, não penso em ganhar o *Nobel*, muito menos o *Jabuti*. Tampouco imagino ingressar na lista dos mais vendidos do *New York Times*. Por outro lado, ninguém pode me proibir de fazer isso; ao contrário, que me seja permitido mostrar meus sentimentos, minhas ideias, sou capaz. Embora, pra mim, escrever seja não só muito incômodo mas também completamente antinatural. É a impressão que me dá de um silêncio que não é propriamente hostil, algo esquisito para quem se acostumou ao som do alumínio da escada no bate-volta, no abre-fecha; do gemido embolado da página de jornal alisando a vidraça em círculos que fazem brilhar; da descarga e do jorro tímido de uma tampinha de desinfetante, uma só; da esponja de aço, ai, que gastura!, e de minhas unhas nos braços molhados naquele desespero de conter o nervoso. Escrever me causa certo mal-estar, uma espécie de vergonha. Mais de uma vez perdi a paciência tentando.

Voltado para mim, ainda do lado de fora do carro, Otávio encolheu os ombros.

Agora, me diga, o que é que é isso?

Tenho uma história, disse-lhe para ver sua reação.

Hum?! Você... uma história?

Sim, um caso que eu queria contar. E fiz com as mãos um

gesto como se desenhasse um mapa. Um caso que ilustra bem um fato que poderia ter acontecido.

E você sabe para quê? Sabe ao menos por quê; pra quem contar? E Otávio soltou uma risadinha.

Baixei os olhos. Nessa hora tive medo de odiá-lo. Porque aquilo foi como se me dissesse, você não pode fazer isso, fique sabendo, não pode. Como ele foi mau comigo. Nem parecia que me amava. Então, para desviar a conversa, murmurei qualquer coisa, beijei sua boca e mordi de leve sua bochecha, de raiva. Nunca mais toquei no assunto com ele. E depois dessa intromissão esdrúxula, apanhei os papéis embolados no chão do carro, no outro dia comprei um *laptop* financiado e voltei definitivamente ao que me interessava.

* * *

Um domingo, quando acordou de uma noite pessimamente dormida, despertou ensombrecido, acuado pelo interfone que tocava, tocava. As noites eram menos frias que as ruas de Londres em dias chuvosos de primavera. Otávio já sabia que o mundo estava encolhendo, tão pequeno o mundo ia ficando, que ele tinha vindo parar aqui, nesta cidade incrustada.

Talvez consiga dormir de novo uma noite inteira. Assim que os dias e as noites deixarem de ser tão frios. Esteve pensando, não sabe mais ao certo por que, mas já nos primeiros meses, acha que é por outro motivo, é que está na cidade desde a primavera passada, meados de novembro e, desde o começo, isso de não dormir direito o persegue. Acha que foi a partir do dia seguinte àquele em que conheceu Sílvia. Se pelo menos ela viesse, pediria que ficasse.

Já era hora.

Mas ontem ela veio e não quis ficar acordada com ele. Depois de partir deixando-o sentado nos degraus: preciso entrar. Empurrou a porta, atravessou a sala ampla de decoração mediana, a iluminação em torno da piscina chegava à única poltrona, aqui dentro uma névoa; em face dessa economia de móveis, a poltrona encarava a lareira, no centro do ambiente, que espiava a *led* grande apoiada ao rack comprido e invariavelmente desligada. Otávio caminhou ao longo da parede, da lareira ao rack, ia e voltava como se não prestasse atenção. Sob aquele tapete tinha começado o namoro. Sentiu um espirro gelado, espirrou (os cabelos na testa); tédio. Subiu a escada que levava aos quartos. Um desânimo. Sílvia diz que está cansada de ouvir as mesmas desculpas. Quando chegou ao último lance precisou desviar da palmeira na esquina, agressiva, exuberante e falsa, o imenso vaso de cerâmica. Um ardor no nariz. A casa, esse mausoléu, é digna de curiosidade, esteve desabitada por um bom tempo antes de o pessoal da empresa alugá-la. Permanece fechada durante o dia todo a não ser uma vez por semana quando Rílare faz arejar essa falta de vento, abre as janelas e deixa entrar o que quer que seja. A casa, só pode ser, construção relativamente nova cercada de lamúria, a cerca viva de ciprestes anões que inspiram, *aaaaahh*, os cheiros. Também passaram a persegui-lo. Ontem, enquanto subia, no último lance da escada, aspirou uma presença, de animal morto e podre, como se chegasse de muito longe. Não gosta de animais em casa. Quando ganhou um pintinho, acabado de nascer, Otávio deu a ele o nome da amiga do pai: Iracema.

Das montanhas não ventava porque não havia alento, só a nojenta umidade.

Madrugada, Otávio conseguiu dormir apesar do frio.

Começava a farejar o que pretendiam dele.

Agora, a lâmpada da luminária acesa, Otávio está sentado na cama, de braços cruzados. De nada lhe serve qualquer impertinência porque o porteiro anunciou a presença de Clara: Se precisar de mais alguma coisa, doutor, é só chamar... De nada adianta ficar irritado quando se está dormindo. A primeira vez tinha sido num hotel da *Grosvenor Square*. Fora mesmo nova aquela experiência de se hospedar ali, como pessoa jurídica, na *Little America*; chegar à janela, dar de cara com *Ronald Reagan* e, detrás, na diagonal, avistar o general *Eisenhower*, estando o presidente hollywoodiano de costas para o comandante dos aliados. Interessava-se muito por atores canastrões, lideranças paranoicas, concentração de riqueza. Por vezes, como numa compaixão perversa em que se condiciona a maneira de pensar e de sentir (pobre de mim), Otávio invejava velhinho de asilo, deficiente físico, paciente terminal.

Naquela primeira vez, o toque soou como uma pancada dentro do sono, poucos segundos antes das sete da noite; ele atirou a colcha para o pé da cama, sentiu os dedos se alongarem no ar, agarrarem o fone e o puxarem do gancho. Depois de trocar algumas palavras com a recepcionista, achou que estivesse saindo do elevador, já no saguão, onde se desculpava porque trancara o quarto tendo esquecido o cartão do lado de dentro e, envergonhado, sorrindo, aproximava-se de Clara que estava distraída sentada no lobby lendo o *The Guardian*. Otávio ainda cochilava, lutando para se levantar, tomar banho e se vestir porque tinham combinado uma comidinha japonesa. Ela estava lá embaixo havia algum tempo esperando por ele. Mas isso foi há dois anos, quando seguiram passeando até o *Nobu* da *Berkeley Street*. Otávio preferia caminhar para descobrir nas vitrines das concessionárias os exemplares *Rolls-Royce, Land Rover e Jaguar*, puros-sangues merecedores de admiração, como sempre, aliás. No trajeto, era surpreendente se aproximarem de um *lord* qualquer, de rosto redondo e rosado, vestindo um roupão que não era de banho, um guarda-pó que não era jaleco, um robe preto que lhe chegava até o tornozelo. O *sir* fulano de tal se arriscava à soleira da porta de casa para apanhar jornais e revistas. Estes eram, sem dúvida, os indicadores de que aproveitavam uma Londres tão aristocrata quanto diplomática, nesta e nas próximas esquinas, deixando-se levar pela impressão de que os indianos, árabes, africanos e paquistaneses que encontravam eram todos ricos. Nas ruas de *Mayfair* eles eram os incluídos.

Aquele teria sido um outro despertar.

Hoje não. Hoje é domingo e não se trabalha. No celular, 8:38.

O que pode haver de terrível num dia como esse?

Absolutamente.

Será um dia, espera-se que valha a pena.

Otávio se estendeu de novo na cama aproveitando a sonolência que vem depois de uma insônia daquelas; precisando de mais tempo para olhar o teto, sentiu um cheiro que não conseguiu identificar, disse que não era um cheiro de animal morto e podre, mas um cheiro de vazio, como se fosse um eco que perfurasse o ar. Ansiava por uma chuveirada morna. Primeiro a escassez de sono e então a canseira e a cama glacial e a falta de aquecimento, colocou a mão no peito antes de se curvar e se encolher com grande preguiça, ficando assim, todo enrolado, murcho e imóvel na umidade do quarto. As pessoas deste lugar parecem vestir outro número, sendo um hábito aqui passar frio. A ausência de calefação torna a temperatura insuportável durante a noite.

As outras noites em que não dorme, não sabe por quê.

Voltou a se mexer na cama.

As pessoas do lugar, nem todas é verdade, entre as quais existe a Clara, por que não dizer, inusitada Clara, para quem Otávio bate continência. Sejamos pragmáticos, ela costuma aconselhar quando se reúnem à tardinha para algumas partidas de videogame, porções de amendoim e doses de aperitivo, após o expediente. É nessa hora que ele se abstém, deixa de se defender, abre um sorriso: Jamais imaginei que essa coisa de ser responsável por um projeto tão importante, que envolvesse a coordenação do trabalho de tanta gente, jamais imaginei que fosse acontecer tão cedo na minha vida. Clara se deslocou um pouco com a cadeira giratória deslizando pelo assoalho da sala de entretenimento que ele havia montado no andar de cima: Bobagem, Otávio. E ela colocou o braço sobre o ombro dele: Mas já que você insiste com essa tolice, é a minha vez de questionar. Olharam-se: E então, está gostando de ser o chefe por aqui? Otávio se levantou e se aproximou da janela: Você sabe muito bem qual é a resposta. E ele bebeu devagar a caipirinha, examinando por algum tempo os cabelos da amiga, os traços de seu rosto. Não me interprete mal, Clara, é que mais enigmático ainda, pelo menos pra mim, mais louco seria prever, quando nos conhecemos, há quase dois anos, é isso mesmo, dois anos?... Quando nos conhecemos lá, num outro canto do mundo, como saber que eu passaria por essa experiência profissional justamente aqui, na sua cidade?

É muita coincidência.

Será que tem algum sentido?

Isso sem falar no frio do cacete que faz lá fora nesta manhã de domingo.

Porque as outras...

As outras manhãs, como aquela ainda, ainda no verão, quando via se alastrarem, pragas invencíveis, as olheiras.

Que se passava com ele?

Por que é que o senhor dorme tão mal, doutor Otávio?

Estaria doente?

Um tópico já muito martelado em vários momentos de insônia.

Ao contrário das mulheres que contratou e das prostitutas que conheceu, Otávio acha que as profissionais daqui se dedicam à discrepância de um trabalho muito mais amplo, minucioso, esposas que são (elas fazem questão do título), ou pretendem ser. Insone, talvez saiba o porquê de noites maldormidas e prefira passar ao largo desprezando a razão. É que pensar em minúcias chega a ser excessivo, não cabe. Nada disso. É apenas uma tendência em seguir a proibitiva abstração, já lhe disseram. E vê Clara lhe surgindo repentinamente para declarar que ser racional faz parte do imediatismo mercadológico-masculino, quer dizer, pode soar intuitivo demais, paradoxal. Otávio fala ao espelho, enquanto a lâmina desliza o rosto abrindo caminho, como se fosse um arado, como se brincasse de Deus e fosse o Mar Vermelho; branca, a camada de espuma, de um lado e de outro.

Esta é uma manhã qualquer e isso de ser racional é coisa do universo dos homens e do exclusivíssimo clube dos bem-sucedidos, Clara acrescentaria, caso estivesse presente. Ela gosta de conversar sobre decadência. É a demanda de se fabricarem superlativos para a vida, concluiria Otávio, com a obrigação de se viver excitado nesse contexto broxante. Esta seria sua conclusão, sem, contudo, levar a conversa adiante. E no instante do impasse, ele olharia para ela: Otávio faz assim, de lado, como se Clara estivesse ali. Ele a olharia, que merda!, como se pudesse negar o conflito, os erros políticos e pessoais, os inerentes jogos-de-empurra que se completam, históricos, e os fazem distanciar: eles, delas; elas, deles. Mas tudo isso Clara já disse muito melhor, e entre ambos há sempre muitos outros assuntos de que se falar, desde que se conheceram, em Londres, convivendo numa mistura de companherismo-trabalho-amizade.

Racionalizar e fugir são mais do mesmo.

Como as apreensões, as profecias, os agouros; besteiras às quais a gente desobedece, Otávio sabe. Só não consegue saber por que não dorme. Uma justificativa plausível seria o sinônimo de estresse, o trabalho, sempre este. Ou a falta de tempo. Sempre este ritmo, tão incessantemente renovado que é como se a vida esperasse que a gente pare com tudo que está fazendo, a todo momento, para experimentar novas alucinações. Outro motivo, a obsessão pelo conforto, como a necessidade de se enraizar. O que lhe parece improcedente, afinal os machos caçam com gana e se aventuram com uma alegria eternamente infantil desde que viver é lutar para conseguir a glória dos deuses conforme vislumbrou pela primeira vez aos onze anos, quando foi obrigado a ler a adaptação escolar da saga homérica. Ao estudar o livro para a prova do colégio, sonhou um dia se tornar herói, desses que se arriscam enfrentando monstros e fantasmas submersos. Hoje acha que o delírio - de todos, o mais antigo - está consolidado. É como paixão que virou amor. Como se fosse provável, essa condenação besta. Mas é fato que, contra todos os prognósticos da infância, foi como se tivesse havido uma conspiração para que Otávio pudesse fugir de Ourinhos, racionalizar uma conjuntura dramática, e sair de São Paulo, e acumular milhas como poucos, batendo todos os recordes de prêmios das companhias aéreas, abandonado, de tanto navegar pelos céus, os oceanos da odisseia contemporânea, trabalhando com aquilo por que sempre foi apaixonado, mesmo sem ter para quem voltar. Então, isso de habitar uma zona, um conforto, um travesseiro de estimação, uma rede na varanda, isso não combina com ele, não pode também ser esta, a causa.

Não dorme.

Está em Minas Gerais.

Há mais ou menos seis meses nesta cidade do Quadrilátero Ferrífero, no dorso central do Espinhaço da Serra da Mantiqueira; a mais ou menos novecentos metros acima do Atlântico, sem que isso signifique propriamente o paraíso. Se bem que Otávio costuma definir como já sendo inverno aqui o que agora ainda é outono, se bem que é gelado em oposição ao inferno. Faz tempo. Para onde se mudou, tendo morado nos primeiros trinta dias na porcaria de um hotel, no Centro, período em que perambulava, no final do expediente, em companhia de um solícito corretor de imóveis. No sobe-desce, a parte baixa das paredes, as portas de aço das lojas, o vidro das agências bancárias, tudo era sujo do bafo dos ônibus e caminhões, os carros também. E Otávio cumpria, e o corretor degustava este itinerário de entra-e-sai de sobrados, apartamentos em prédios longos no topo de morros com vista para outras montanhas, quitinetes em edifícios curtos, mansões empoleiradas nas encostas; até ser eleita a casa, neste condomínio afastado o suficiente das senhoras nas janelas em moradias siamesas. Portas de cara para ruas que se espicham, estreitas, habitações de parapeitos debruçados sobre passeios esburacados, onde só circulam dois de cada vez; e próximo o bastante da agitação, entre três barzinhos, duas pizzarias, mais uma boate da moda. Desde que chegou, Otávio se refugia no projeto para o qual foi contratado. É um refúgio solar porque ele se entrega a mais um desafio profissional com a garra de sempre, em breve verá irradiados os resultados de seu trabalho.

Quanto a dormir, a quem deve sua insônia? Você devia ter pensado antes de aceitar a proposta da empresa, diz ao espelho. Tarde demais, quase madrugada ele dorme, e passa todas as noites evitando pensar no passado, desde que chegou, não, desde quando estava se mudando para esta casa, não-não, desde que conheceu Sílvia. Tarde demais, ele repete, devia ter pensado antes de aceitar o convite dela, sem muita insistência, um convite despretensioso e excêntrico para uma primeira noite.

Foi na manhã seguinte à noite em que conheceu Sílvia.

Aquela não foi uma manhã qualquer.

Havia acabado de se mudar para a Granja das Hortênsias. Nada de sono, quando resolveu pegar a *Pajero*; nenhuma ressaca sonâmbula como ultimamente, quando cismou em tirá-la da garagem para dar uma volta. Era o melhor a fazer numa manhã como aquela, solitária, do jeito que fazia quando se fechava no quarto de brinquedos para pilotar o autorama; lá fora, um dia iluminado como os da infância. Não que permanecesse criança ou embaralhasse as estações, mas atiçar momentos de felicidade é como chicotear a memória, e o autorama, no quarto, só, é um desses que merecem ser rememorados.

Nesta cidade, o vidro das janelas dos carros não se fecha. Não é preciso. Por isso, naquela que não foi uma manhã qualquer, Otávio pôde sentir pequenas rajadas no rosto até circundar a praça da matriz de cima (Nossa Senhora da Conceição) e a praça do clube, atrás da matriz; escorregar pela avenida, subir o viaduto como se escalasse a corcunda de um brontossauro adormecido, descendo o longo pescoço até a cabeça para dar na praça da matriz de baixo (São Sebastião), terminando por percorrer todo o Centro. Otávio dedilhava o volante, a outra mão no pote de castanhas-do-pará, na boca, nas castanhas. Cantarolava junto com o rádio. Como voltar é preciso, tornou a cruzar o viaduto sobre a ferrovia que divide a cidade. Não que fosse o único acesso, apenas a opção mais fácil. Por atravessá-lo desembocou na cauda da avenida principal. Logo o farol vermelho. Apoiou a cabeça no descanso da poltrona. A imobilidade de uma vida assim, de tímidos engarrafamentos, em contraste com a velocidade da existência engavetada em corredores de tensão, nas metrópoles sem trégua. Escassos, salteados ao longo da via, os sinais de trânsito enlaçavam os veículos, atavam e desatavam o nó, ordenando o seguir e o aguardar; ao determinarem o ritmo, testemunhando o devaneio de Otávio, os sinais o mantinham alerta, rumo ao final da avenida.

O que é que andava procurando?

E continuou a divagar.

Vinha se esforçando, havia muito tempo, contra um ímpeto agressivo, e não fazia algo pelo qual valesse mais nem menos. Um dia após outro. E dessa monotonia, estava cansado. É verdade que estava também prestes a aceitar o convite de Sílvia quase por um dever, como se tivesse sido uma convocação profissional. Aceitaria para não desagradá-la, como se ela fosse um cliente, um sócio ou um parceiro de negócios. Mostrou-lhe interesse e atenção durante toda a noite de ontem, mas, no fundo, esteve impaciente, sempre pensando noutra coisa. Fora o constrangimento por ela ser irmã de quem é; além da sensação de ter feito papel de cretino por ter resolvido procurá-la depois de um e-mail de Clara: *Não imagina como estou contente que vc esteja indo morar na minha cidade. Quando já estiver instalado, procure por Sílvia, ela é um doce, vc vai ver só, uma boneca, quase aos trinta, mas ainda assim uma boneca.*

Agora, entretanto, Otávio tem medo de que o telefone toque e seja justamente a *boneca* cancelando o compromisso. E lembra da matéria, numa dessas revistas de bordo, que dizia que o homem novo confere disfarçadamente o celular ou a caixa de e-mail, e permite-se soltar a imaginação sobre o dia seguinte, fazendo planos. De fato, deixava pelo caminho a impaciência, substituindo-a por uma ansiedade típica de quem vai virar a madrugada no sofá, para assistir a um filme de suspense, suar frio, correr atrás de uma garota como se a andasse buscando, como se a seguisse séculos e não pudesse acabar sem ela. Protegê-la. Como se fosse preciso. Porque elas são frágeis. Como se fosse verdade. E era tão boa a raiva que sentia, embora não fosse violento. Como se, nem sabe dizer como. Sentia-se raivoso como um cachorro. E endereçava seu rancor ao mundo todo. Porque o pai..., se pudesse liquidar com aquilo em que ele falhou, ah, se pudesse. E Otávio dirigia como se cavalgasse, perseguindo um rastro. Agradava-lhe cada vez mais a ideia de encontrá-la. E programou o sistema de navegação do GPS acoplado ao painel. Assim termino com a vontade de conhecê-la e abro espaço para quantas aporrinhações couberem em mim e tantos suspiros ela for capaz de dar. Vamos, vamos, vai, acelera!, disse ao retrovisor.

E ele olhava, será que via?

Nas calçadas, de um lado e de outro da rua que é de mão única e que vai levar ao Recanto, as flamboyants espiavam a *Pajero* passar acesa, feito um vulto, como se queimasse àquela hora, sem os olhos velozes, os faróis. E depois desta visão, as árvores viram Otávio dobrar à esquerda. E se as perguntassem aonde ia, não saberiam, e bem o desejariam saber tanto quanto ele.

Uma manhã, então, depois de ontem, quando conheceu Sílvia, aconteceu que Otávio, pensando em muitas coisas, chegou à entrada de um largo, achando lá um Cristo diante de uma cidade. É gente da alta que mora nas proximidades, ele ouvira do corretor, quando o Cristo lhe apareceu pela primeira vez de um ângulo e a uma distância impossíveis de o avistar com o assombro de agora. Otávio, na época, mesmo sabendo de que sociedade o homem falava, e que essa gente era ilustre só dentro do Quadrilátero, no máximo, um povo perimetral, mesmo assim, não se incomodou.

Como incomoda a simploriedade das pessoas!

Há pouco, Otávio estacionou.

Atraído?

Apenas curioso de encontrar Jesus. Não gosto do jeito dele. E começou a entrar em paranoia porque era feito de concreto aquele Cristo, e, o mais assustador, uma réplica. Como dizia o avô, que fora religioso e ia à missa, um homem bom, conforme o julgamento de Otávio ainda menino, de uma bondade muito maior do que a grandeza que houvera nele. O avô tinha seu modo de rezar; e dizia: Aquilo que é espiritual não se mostra em todos os lugares nem com toda originalidade. Embora desnecessário, estava ali. Otávio o poderia provar. Não resistir e pôr nele a mão, como quem com tão pouco tivesse chegado tão perto, mesmo que seu desejo fosse o de sair correndo. Assim farei.

E ficou lá.

E foi sabendo aos poucos, ao se aproximar, que se não fosse original, como de fato não o era, tentava ao menos ser fiel ao outro. Que se não fosse pitoresco também, qual teria sido a intenção de colocá-lo? Metera-se ali e pronto, por uma razão qualquer. Nem herege nem santo. Viu que ali se ostentava. Fora igualmente erigido sobre as escoras de um paliteiro de cimbramentos tubulares. O domínio técnico, por excelência - como é bom ser ignorante nessas horas! -, transforma isso em coisa natural. Mérito de quem constrói. E de repente Otávio não sabia mais nada, onde estava, e deu a volta, trezentos e sessenta graus ao sopé do monumento, os olhos no mar de montanhas do horizonte. Como fazia, quando procurava a si mesmo em tempos vários e diferentes lugares. E se soubesse, no instante seguinte, que estava ali, descobriria que não há nada no mundo que o deixasse ficar. Já ficara muito.

Que maravilha, esta vista!

Impossível não imaginar Clara, declamando de emoção.

Maravilhosa, dizem, é a outra.

Se eles podem, ela lhe responderia, catapultada pela autoestima: Prefiro a cópia. Nariz empinado, talvez Clara emendasse, orgulhosa: Se a Barra da Tijuca tem a sua Estátua da Liberdade, por que não se pode ter aqui o Redentor, com seus cabelos nos ombros, a face e o manto acinzentados? Você mesmo, Otávio, bem que gostaria de passear aqui, com mulher e filhos, numa manhã de domingo, hein?! Vai, confessa. E tão logo isso ela dissesse, ele responderia: É, pode ser, este pode ser o Cristo sim, mas nem todo mundo tem o costume de olhar para dentro. E não há nada que se possa fazer, pelo contrário, o papa, a princesa e o presidente escolheram uma cidade divertida para visitarem. Em dias frescos e calmos. Em manhãs de calor. O sol fazendo a curva e já ficando escuro. No crepúsculo do verão. Numa dessas noites de março. Um dos visitantes nos enviou bênçãos, outros distribuíram acenos, todos mostraram os dentes. É de se estranhar, porém, estando assim, descontraídos, súbito cruzavam os braços como que para se protegerem. De um vento, talvez, nunca se sabe. Ou das ondas. O canto de um passarinho. O barulho do mato. Como descobrir por que largavam palácios para estarem ali? Será por causa do verde e do amarelo tostado, alourado, sedutor?...

Clara desataria a rir.

Otávio sorriria de volta.

Quem afinal haveria de ficar indiferente ao som da mediocridade poética que ele experimentava?

Não à toa, ao se perceber assim, deslocada, dobrando para frente o corpo, mãos na barriga, juntando as pernas de tanto rir, sem mais nem menos Clara ficaria muito séria. Para lhe dar as mãos: Ali, Otávio, atrás de uma, há outra montanha, e depois outra e mais outra, até que no horizonte a gente possa ver, enfumaçado, o cinza mais atraente de todos, quase um grafite, que o dragão faminto, oriental, suplica as mineradoras, as quais por sua vez mandam sujeitos como você abocanhá-las, as colinas.

Otávio se empolga porque, antes de se aventurar até a casa de Sílvia, prosseguia delirando, como se Clara o olhasse desdenhosa, sob o filtro de cílios enormes. Pena fosse somente um rebuliço do pensamento. Mesmo assim, delírio após outro, Clara o enlaçaria pelas costas para, dessa vez, mostrar-lhe um filete, o Ribeirão Bananeiras. Lá embaixo, longínquo, quase imaginário, muito ferido, emporcalhado, depositário de tudo, menos de água, assoreado: Assim como a baía deles anda tristonha, o nosso rio nem chora, de tão ressentido.

Que idiotice é essa?

Que idiotice, repetiu consigo, meu Deus, estou ficando louco.

Acordou.

Otávio vivia de sonhar acordado.

E, ao despertar, o que mais ia querer?

Mesmo se sentindo ridículo, porque queria montanha-russa,

tobogã, trem-fantasma, o parque inteiro para escorregar e se garantir, passara a vida em um parque de diversões; como é não estar mais nele? Pensou em ligar para Sílvia e avisar que não iria. Afinal, que poderia ele fazer lá, na casa de uma advogada, saída da Faculdade de Direito local, alguém que se apoia num desses preparatórios para concurso, como quem sonha com um jeito estável de morrer?

Mas de repente todas essas preocupações ridículas foram embora porque Clara chegaria para lhe dizer que macho que é homem não dá satisfações, não inventa, tampouco pede desculpas, simplesmente não aparece na manhã seguinte. E Otávio continuaria dividido, desde sempre, por sentimentos contrários, sujeito a vexames, de cuja gravidade jamais tivera consciência. Sílvia já deve estar acostumada aos nativos, o que acharia então se ele ligasse? Poria em dúvida o foco, ou cismaria em verbalizar a relação sequer existente? Melhor que nada, se ele telefonasse, só para poder ouvir aquela voz rouca, e não aparecesse.

Na verdade, continuo sendo do jeito que sou.

Lavo, passo e sei cozinhar.

Todas as manhãs chego a uma casa inconfundível, mas que não difere essencialmente das outras as quais frequento de segunda a sexta. É a trabalheira normal do dia a dia. Todas as manhãs preparo ovos mexidos numa frigideira, pão-na-chapa noutro *grill*, salada de frutas numa tigela, suco de laranja noutro espremedor. Daí, ando da pia até a mesa, onde ponho os pratos e as xícaras; uma hora mais tarde ando da mesa até a pia, onde lavo a porcelana. Todas as manhãs os pátios são varridos, os cestos de roupas esvaziados, as camas arrumadas e empurradas para o lado a fim de que eu possa aspirar; depois passar o saco de aniagem abraçado ao alicerce de um rodo que desliza por tacos, cerâmicas, mármores, tábuas corridas. Desvencilhar e submergir esse mesmo pano na solução de água e *Casa & Perfume* é tarefa de muita paciência com o propósito de enxaguar; primeiro o tecido um tanto encharcado, e então úmido, quase seco, umas três passadas no mínimo. Todas as manhãs polvilho na bacia o sabão, a caixa inclinada pendente de uma das mãos; ensaboo retângulos, colunas, molduras; espano acolchoados; limpo e dou polimento à prata; lustro portas, maçanetas, laterais de móveis, arabescos, reentrâncias, entalhes de imagens de santos, jarros de estanho; dou brilho às peças e às pedras, com óleo de peroba ou com cera em pasta e flanela.

Todas as tardes caminho por pisos escorregadios de cozinhas, áreas de serviço e garagens, subo e desço poucos e muitos degraus, tomo cuidado para não tropeçar, cair, despencar da altura de um descuido e me machucar mais seriamente. Ando de um lado para o outro terminando de recolher produtos de limpeza, me abaixo para catar uma escova e me levanto de braços dados com o balde, mais adiante, como se fosse dançar agarradinho com as vassouras. Entre uma coisa e outra, todas as tardes eu penso, não sei se vou conseguir; encosto numa parede, boto as mãos nos bolsos do uniforme aleijado olhando ora o céu pela janela ora as flores de um vaso, e penso, viver assim é apenas uma forma de me manter ocupada para me acalmar. Tiro as mãos dos bolsos, apoio as mãos nos quadris; finalmente, deixo-as cair.

Tenho orgulho da minha profissão.

Já disse isso a Otávio. Ele riu.

Mas tenho. Se não fosse a faxina não me sentiria presunçosa de minhas experiências recentes. Ponho pra fora. Não era raiva o que trazia comigo. Porque se fosse... A ira, ah, esta nos mobiliza. O que eu sentia não era vontade de protestar, mas um impedimento de agir. Se não fosse a escrita continuaria reduzida à impotência que praticamente nasceu junto comigo. No berço em que não havia grades, porém uma muralha, o berço em que nasci. Já disse que cheguei a pensar que este desejo de contar a história de Otávio, e de Clara, basicamente dos dois, mas também a história de Sílvia, e de Dona Lilá, e de Geralda, e de dona Margarida, e de seu Arnaldo, e do falecido, e do vô Ninito, e do doutor Archimedes e de dona Maria Eugênia, já cheguei a pensar que isso pudesse parecer um sórdido capricho. Mas sei que as pessoas vão encarar como uma provocação, um enfrentamento. Quase ninguém vai compreender.

Havia pensado esses parágrafos várias vezes. Como prólogo. No entanto nem se usa mais prólogo hoje em dia. Aliás, soa como um pedido de desculpas e, quando se escreve, tudo é misterioso; por isso nada é tão desnecessário quanto o preâmbulo de um livro. Mesmo assim, havia pensado várias vezes este texto. Porque cresci. Venho crescendo muito nos últimos anos. Então, pensando a respeito, só consegui produzi-lo depois de pôr o ponto final na história. Como um epílogo. No entanto ninguém mais se interessa por epílogos. Pensei finalmente haver uma solução, por assim dizer um contrato, um pacto intrínseco que se pudesse firmar porque a história que eu acabara de escrever era totalmente fora de moda, como os prólogos e os epílogos, jamais seria capaz de escrever o que quer que fosse que estivesse na moda. Basta conhecer a minha origem para entender que é impossível.

Todo estereótipo tem sua razão de ser.

Lembro, não tenho certeza, mas me recordo; antes ela não ousava falar, porém um dia, depois daquela viagem que fez ao Rio de Janeiro, acompanhada de umas duas ou três da turma que se reunia aos sábados à noite pra jogar buraco, fora com elas passar o feriado de Corpus Christi, tinha arrancado a primeira folga em cinco anos de abstinência, queria conhecer Copacabana e, andando pra cima e pra baixo pelos pontos turísticos, acabou se consultando com uma cartomante no Largo da Carioca, depois de passearem no bondinho de Santa Tereza e descerem os arcos da Lapa. Percebi quando ela chegou no primeiro ônibus aquela manhã; chegando em casa, minha mãe engolia com força, repetidamente, faz uns dez anos isso, eu tinha uns dezessete; muito gorda, pensei que estava tendo um troço, perguntei se queria ajuda com a cadeira, fez sinal que não, e se acomodou atrás da mesa de plástico branca, nossa mesa de jantar, ocupei um banquinho à sua frente, estávamos encostadas à parede, será que estava vendo minha desconfiança, pensei, será que via o meu medo de que tivesse um derrame, uma trombose, um enfarto, ela era a única pessoa que eu tinha. Com base no que me revelaria, nessa manhã, descobri como eu era uma idiota, uma adolescente boba, mais boba do que todas as outras. A princípio, como não conseguia falar, minha mãe gesticulava. Precisava ver, ela disse de repente. O quê? O mar? Não, filha, o mar é lindo, mas você tinha de ver a cartomante; ela gritava, se você está com problema na sua vida, como desânimo, friezas, problemas amorosos, casamento em decadência, filhos problemáticos, má condição financeira, problemas com sócios e no comércio, inimigo oculto e saúde... Ela era uma adivinha. Contou que a Sílvia vai passar no vestibular de Direito, vai ser rica não, mas vai casar e ter uma menina. A vidente assegurou que Dona Lilá vai ter uma velhice tranquila. Não pode se distrair, a mulher alertou a certa altura. Terminei explicando como me sentia, filha, como estava aflita. Não me diga isso! E falou no meu ouvido: Vou te perguntar o seguinte: A sua menina não é para você o que há de mais caro? Que disparate, aquela pergunta, minha mãe retrucou. Claro que é. A moça continuou a pôr as cartas dizendo então que a nossa cidade seria o meu lugar para sempre, depois de formada, eu trabalharia numa das empresas instaladas na região, a *Açominas* ou a *CSN*. Qual delas? Minha mãe resolveu espremer a cartomante. Talvez numa mineradora importante, a *Ferteco*, com certeza, a *Ferteco*. Minha mãe pensou, nesse instante, como sou uma pessoa de sorte! Ela se referia a si mesma. Como era sortuda! Pedi que parasse com aquilo, por favor! Mas ela insistiu em continuar: Sei que veio de longe, a mulher lhe disse, não pode sair daqui sem ao menos... E então minha mãe contou que ia chegando gente, mais pessoas se aglomerando, uns rapazes, um assistente da cartomante, uns mendigos... De repente começou a achar que todos riam dela, talvez seu sotaque os estivesse incomodando. Vamos, relaxe! Não se acanhe, insistia a vidente. Não, não sou acanhada, minha mãe tentou se defender, não estou envergonhada, é que, agradecida, mas preciso ir. E se levantou. Achou que era melhor ignorar o deboche. E a mulher a pegou pelo braço. Estava sentada de novo. Minha mãe e as amigas tinham viajado por seis, sete horas. E ninguém deixava ela falar. Ah, neste caso, é o oposto o que a senhora procura!, disse a mulher, muito solene. Está nervosa porque não veio aqui receber conselhos de como preencher o futuro. Quer encontrar a razão para o que foi vivido. Não sei por que a senhora adiou tanto vir atrás da resposta para o momento que mais te incomoda na vida. A sensação mais íntima que já teve. O nascimento de sua menina.

No ambiente protegido que haviam falsificado pra mim, percebi que as lembranças de minha mãe tinham se tornado muito presentes. E de uma hora pra outra. Não me deixou intervir, continuando, minha filha, a moça disse que você tem o direito de saber e eu, tão ignorante como você sabe que sou, nunca tinha ouvido, a não ser nas novelas, uma coisa dessas – "ela tem o direito de saber". Comecei a pensar realmente que minha mãe misturava cenas da televisão com o que lhe havia acontecido, ela sempre fazia isso, faz até hoje inclusive, ultimamente deu pra acreditar na ascensão social de todas as empregadas domésticas; são as novelas, já avisei. Mesmo sem acreditar... Direito de saber o quê, mãe?

Ela pôs as mãos em meus ombros e me encarou: Olhe pra mim, filha! Você precisa saber que seu pai é um alemão da *Ferteco*.

Aquela revelação fez todo sentido pra mim. Como faria a qualquer habitante de uma região como a nossa, presa à ferrovia, à metalurgia e à mineração. Atividades econômicas que estendem o seu braço até o mais fundo dos quintais das casas, viram a cabeça das pessoas e as puxam pra dentro e as batizam com promessas e as tomam pelo estômago, expõem a transpiração de uma vida, o grotesco de uma dependência.

Minha mãe então respirou fundo. Não engolia com força, repetidamente.

No silêncio, fiquei pensando na ternura.

Por outro lado, aos dezessete, não podia ver o que sei agora. Por isso, nesse dia, pensei apenas na delicadeza com a qual minha mãe se enamorara e teria passeado ao sol, de mãos dadas, beijando e abraçando de leve, beijos demorados, abraços profundos, com um engenheiro, um gringo, como tantos outros que chegam e se vão, que se fazem próximos e são distantes, olham pra gente do alto e a gente se derrete por eles.

Não podia ver o que sei agora. Que sou o resultado único de uma das possíveis combinações de alemães e brasileiras negras, como a imanência da sensualidade com que se deparam, trancafiada, quando andam léguas e léguas, como numa época os europeus viajaram, a pé, pra ver os índios expostos na feira de Antuérpia, quando das grandes navegações.

Ouvi ela dizer meu nome e levantei a cabeça.

O café e o pão quentinho que eu tinha comprado pra recebê-la foram esquecidos.

Quando comecei a falar, ninguém mais podia escutar a minha voz:

Mãe, não sei quanto a você, mas não estou com muita vontade de conversar agora. Também não vou deixar de ser sua filha, então a gente vai poder falar sobre tudo isso depois. Só queria que você soubesse que talvez eu não sofra nunca. Não estou sofrendo. Sem saber de nada, eu nunca sofri. Nunca esperei que meu pai fosse um artista de cinema ou o governador do Estado. Sempre achei que ele fosse quem você dizia que era. E jamais me senti, por isso, a filha da empregada e do zé da esquina. Essa notícia portanto não muda nada.

A artrite lhe doía nos joelhos, ela não parava de esfregá-los, vermelhos e inchados.

Mãe, sempre achei que era como uma irmã das meninas nesta casa. Pensava assim, mesmo quando estudava no Colégio Nossa Senhora de Nazaré e as freiras não me distinguiam do modo como as valorizavam; assim mesmo eu me sentia feliz por ter entrado ali, pelas mãos de Dona Lilá, sua caridade cristã, e pelo regime de bolsas que as religiosas mantinham; não fazia a menor diferença se as meninas muitas vezes não queriam que eu jogasse pingue-pongue com elas no recreio ou fizesse parte do time de handebol, até os patins eu ganhei de aniversário uma vez, lembra? De mais a mais, minhas notas sempre foram as melhores. Quanto a esta questão definitiva, me tornar filha de um alemão da *Ferteco*, devo ser grata a ele simplesmente por ter sido aceita no colégio, frequentar o clube como dependente do seu Arnaldo, ter feito a primeira comunhão na matriz no mesmo domingo em que todas as outras, devo ser grata pelos meus cabelos não tão escuros, embora cacheados, pelos meus olhos verdes.

Só que tudo tem um preço justo.

E eu paguei com o meu desejo e a minha esperança.

Minha intenção passou a ser dar um tiro na testa de quem quer que fosse, qualquer um que se aproximasse pra tentar impedir minha falta de objetivos. Passei a enxergar uma gargalhada nos rostos das pessoas; aos dezessete, tinha descoberto que me faltava muito, especialmente dinheiro. E eu precisava de dinheiro, claro. E de trabalho. E eu pensei que nenhuma das amigas de Dona Lilá me negaria um dia da semana em suas casas. Então concluí o ensino médio e iniciei minha abordagem às amigas de Dona Lilá, elas também me acolheram como a uma filha. Sei que, naquele estágio, poderia procurar e conseguir alguns outros empregos. Poderia virar secretária de um consultório de dentista, por exemplo. Mas é que às vezes as pessoas se defendem pela identificação com um retrato. Nas fotografias que eu tirava de mim mesma estava invariavelmente vestida com o uniforme de faxineira.

O que veio depois foi minha mãe alucinada, recusando-se a aceitar o meu viver daquela maneira. Porque ela nunca tinha parado de se alcoolizar com o futuro, o que ela queria era outra coisa pra mim. Houve como que uma revolta pacífica por parte dela, que só sabia combater com brandura; oh, Senhor Misericordioso! Meu Deus, Todo-Poderoso! Ave Maria, Cheia de Graça! Santa Maria, Mãe de Deus! Oh, Santo Expedito das causas impossíveis! Traz minha filha de volta! Volta!

Enfim, era a própria insensatez achar que eu pudesse reagir às novenas que rezava, aos rosários, às vigílias. Um dia, à época do meu aniversário de vinte e dois anos, aquilo terminou por me afetar, não aguentava vê-la definhando daquele jeito; cada vez mais gorda e já de idade, minha mãe ainda era a única pessoa que eu tinha. Em todo o caso, sabia, na falta de universidade pública na cidade, o que me restava era uma licenciatura, um curso noturno. De mais a mais, não podia sair daqui, fazer um intercâmbio, nos Estados Unidos ou na Inglaterra; não podia também ficar, disfarçar-me detrás de um curso menos comprometedor e proporcionalmente mais caro, como Direito, por exemplo, e angariar um marido ou, mesmo que não fosse pra assinar papéis e entrar na igreja, que pudesse ao menos morar junto; mas ninguém mora junto com ninguém numa cidade como esta.

Fui fazer faculdade de Letras.

Não, este não era o sonho da minha vida.

Optei por Letras, mecanicamente, como tudo que faço, todas as tardes, todas as manhãs. Agora, aos vinte e sete, estou quase terminando o curso, aos trancos e barrancos; faço faxinas porque ainda não dou aulas e continuo vivendo com minha mãe, as duas morando de favor. Não morri por causa disso. Mas também não vivo, menos mal, passei a existir pela metade. Não estou curada. Só comecei a melhorar. Quando adotei a estratégia terapêutica de consumir a vida dos escritores.

Admito ter sido tomada pela fantasia desses viajantes.

Sim, este era o sonho da minha vida.

Viajar daqui.

Nos primeiros meses de faculdade, o professor de uma disciplina com o nome mais bonito que já tinha visto – "Lírica, Épica e Drama" –, que lindo, esse nome, o professor dedicava boa parte de suas aulas a proferir uma sentença: "A obra em nada tem a ver com o passado do autor." Quanto mais ele falava, mais me fazia pensar, estou salva de qualquer equívoco em qualquer análise. O que me interessa é o presente das pessoas. O que elas estão fazendo agora, por onde andam. Esta vontade passou a me consumir. Tornei-me então uma investigante de escritores em jornais, revistas, *sites* especializados e programas de TV. Descobri que aqueles que escrevem livros nunca andaram tanto como hoje em dia. Dão a volta ao mundo. As feiras e os concursos vingaram de uma vez por todas, observei. Os escritores não param de viajar, estão sempre de um lugar para o outro. Vêm de São Paulo a Minas. De Minas a Campo Grande. Do Mato Grosso do Sul a Belém do Pará. Reúnem-se com seus leitores em mesas redondas, noites de autógrafos, cafés literários. E são perseguidos por câmeras fotográficas e filmadoras nas mãos de repórteres e de internautas, eles lhes apontam as máquinas como se fossem armas. Uns fingem que não estão sendo fotografados. Outros não gostam, alegam estarem ocupados com seus romances, seus contos, suas poesias. Outros, ainda, não tiram os olhos dos fotógrafos atraindo para si os *flashes* de uma invasão. Cheguei a ficar cansada só de seguir a maratona desses artistas. Eu que, até então, achava, celebridades eram o Freddie Mercury, a Madonna, o Michael Jackson; no máximo, as ativistas do leste europeu. Este havia sido um equívoco sem precedentes. Finalmente encontrara no curso, senão um motivo, uma presença fora dali, muitas presenças. Dizem uns críticos que alguns escritores estão se transformando em "ícones midiáticos", prefiro que sejam meus ídolos. Tornei-me uma fã. Além da leitora que eu estava aprendendo a ser e, no estudo da literatura, ia tentando me aperfeiçoar, embora quase nunca pudesse fazer opções; as escolhas, que faziam pra mim, em grande medida eram lineares. Foi então, como fã, que passei a seguir à distância, pela internet, alguns autores em bienais, festas literárias e nos palcos onde subiam pra receber prêmios; já não sabia muitas vezes como classificá-los e, lá na faculdade, ninguém me respondia a respeito. Estava a ponto de desistir daquela transcrição porque as respostas eram as mais díspares, sendo mais ou menos as mesmas, como se os autores entrevistados buscassem uma originalidade e eu ficava pensando se, nos livros, dentro deles, alguma singularidade me conquistaria. Decidi acompanhar mais de perto as entrevistas, continuei a catalogar respostas, nessa época me deixavam usar o PC que a Silvinha comprara pro seu Arnaldo e pra Dona Lilá, em prol de uma terceira idade participativa, mas que permanecia aquém das necessidades da família, obsoleto na escrivaninha da sala de TV.

Hoje estou segura de que não foi por conta daquelas vidas nem da alegria que me despertaram, não por isso que comecei a escrever. Uma vez, tarde da noite, eu vasculhava a internet, tropeçava na rede discada da família, e uma escritora afirmou o que faltava: "a literatura salva". Esta nem era propriamente uma resposta original a um jornalista que tinha feito uma pergunta menos destoante ainda. Quando fui pesquisar, já dominava o *Google* aproximadamente 2.760 resultados para a expressão entre aspas. E eu me convenci, não tinha como não me convencer, e comecei, escrevia, mesmo que naquela época não soubesse ainda quais eram as razões para os meus sentimentos. Hoje o fato é que já não me preocupo em descobri-las. Creio parecer muito com alguém que sorri desavergonhado, dos outros e de si mesmo; alguém na defensiva.

Assim eu escrevia antes de conhecê-lo.

Um segundo professor. Ele fazia questão de recolher o corpo enquanto atravessávamos a porta da sala de aula e gostava de dar a matéria olhando pra mim. Num intervalo, lá fora, enquanto tomávamos um café na cantina, ele me contou que, aos vinte e um, tinha se formado numa faculdade em Realengo, subúrbio do Rio de Janeiro. Tomei coragem, achei conveniente falar que trabalhava como faxineira. Ele comentou que eu era muito esforçada e elogiou meu nível de instrução. Expliquei que tinha sido bolsista no melhor colégio da cidade.

Durante o terceiro período, mergulhada na Literatura Brasileira I, lia e relia com antecedência todos os poemas indicados por ele. E os ensaios também. Estudei o Darcy Ribeiro, o Ronaldo Vainfas, o Alfredo Bosi e, impreterivelmente, o Antônio Cândido. Aliás, como que o Antônio Cândido não reconhece o barroco baiano? Eu me ofendi certa vez, já completamente apaixonada por Gregório de Matos. Ele reiterou que eu me acalmasse, as coisas não eram bem assim. Apenas o estudioso não considerava este movimento como uma manifestação que tenha tido qualquer relevo para o tipo de estudo que ele fazia da nossa literatura. Mas eu respondi que não, que o que mais me interessava era ouvir a voz do pecador na poesia do Gregório, com a perspectiva do perdão. Como aquele aperto doloroso no coração da gente podia ser desimportante? Após uns quarenta minutos de conversa, num outro dia depois da aula, caminhávamos até o ponto de ônibus, ele me deu um tapinha nas costas e pediu que eu aproveitasse todo aquele entusiasmo em prol do trabalho final. Agora seguíamos mais devagar, ele se aproximou: Você tem de enxergar o barroco não como um estilo de época, tem de pensá-lo como um estado de espírito.

Era difícil ficar só conversando com ele.

Mas foi delicioso escrever o meu *"Estudos críticos sobre Gregório de Matos e a Bahia do século XVII"*. Me deu 10 e me aconselhou a escrever romances. Falei pra ele na última vez que nos encontramos que gostava em especial de barroquismo e de mineração.

Tenha certeza de que o barroco e o minério de ferro estão dentro de você.

Deviam me achar uma chata, uma pretensiosa. Eu e os livros que pegava no escritório, os livros abandonados por dona Margarida, a mãe de Clara e Silvinha. Outros poucos exemplares eu comprava na *Estante Virtual* quando, graças à generosidade de minha mãe, era possível fazer alguma economia. Ela me dava um *jeans* ou uma bata de presente e eu podia juntar o dinheiro da faxina para comprar o que quisesse. Em outros tempos me acontecia desejar poder fazer uma viagem ao nordeste. Pensava também que conseguiria conhecer a Disney e levar comigo a minha mãe. Mas era em vão que eu invejava essas pessoas que passam férias lá fora. A ideia de que eu sentiria prazer junto de romances me proporcionou a impressão especial de que eu devia parar de querer imitar alguma coisa que alguém fazia. Esquecer essa coisa e produzir minhas próprias vontades. Isso era a força que eu tinha agora.

Por motivos óbvios, nunca encomendei nada na *Amazon*. O frete era caro demais pra mim. Também não tinha como comprar na cidade, tão absurdo é o fato de que aqui não há sequer uma livraria ou um sebo. Pois eu comecei, depois, a baixar livros de sites gratuitos. Então, deviam me achar uma chata. A verdade era que a influência das leituras começou a alterar um pouco meu vocabulário. As expressões que eu lia nos clássicos me davam pistas. Eu mesma percebia meus progressos. Às vezes, as histórias eram tristes. Nessa época, minha mãe se fechava no quarto comigo depois de servir o jantar pra Dona Lilá e Silvinha, depois de levar a bandeja com mingau de aveia ao andar de cima pro Seu Arnaldo e de lhe fazer aviãozinho com a colher e de esperar que ele comesse pelo menos metade do prato tendo cuspido a outra parte. Minha mãe se fechava no quarto como se tivesse um segredo pra me dizer. Eu perguntava: Por que a gente não conversa na cozinha mesmo, a cozinha dos fundos, a gente podia papear enquanto eu tomasse a sopa de macarrão com legumes, ah, neste frio que está fazendo, mas minha mãe trazia o que sobrava do jantar da família, trazia na própria sopeira enrolada em pano de prato feito trouxinha e punha na tigela de louça umas três conchas e me entregava; eu, sentada na cama, mal levava à boca a primeira prova, minha mãe vinha com aqueles abraços que não eram carinho, eram como se ela pudesse me proteger do impossível; um filho é impossível a gente proteger, mãe.

Havia algum tempo não vivíamos mais em paz. Minha mãe estava com a mania de reclamar das minhas faxinas, dizia que aquilo não era ocupação pra quem pretendia ser professora de português. Eu criticava sempre a sua pronúncia, insistia na maneira como ela devia falar. Mãe, você fica zangada quando eu corrijo? Ela dizia que não. Em todo caso, era pra eu tomar tento na vida porque estava virando uma moça metida à besta.

Não me lembro exatamente de quando aprendi a fazer faxina. A primeira memória que vem é a de subir no caixote de madeira, me agarrando na borda de granito preto da bancada da pia. Eu tinha uns seis ou sete anos. Minha mãe dizia que aprender a lavar louça ou limpar privada não dava camisa a ninguém, importante mesmo era saber preparar couve rasgadinha, uma arte. Minha primeira lembrança. Se me perguntarem, não sei se comeram, naquela primeira vez, a verdura que meus dedos gordinhos picotaram, deixando cair na bacia esmaltada a imitação verde de papel crepom, pedacinho por pedacinho, até o talo, uma mão cheia de talos que a gente depois jogava para as galinhas ou prendia uns dois ou três, no máximo, na grade da gaiola, para a felicidade completa do Louro. Se me perguntarem, não sei se gostaram da iguaria, embora eu, particularmente, preferisse taioba; minha mãe reclamava que eu era "do contra" desde que nasci.

Rasgava couve e fantasiava, sempre fui de fantasiar.

Sou capaz de construir diálogos inteiros para as pessoas que eu vejo conversarem no ponto de ônibus, na entrada da faculdade; aqui perto de casa, na praça do Cristo; ou na portaria do condomínio onde mora o Otávio. Fazia sete meses que eu não beijava na boca, quando ele veio parar na cidade. Foi como se eu buscasse uma crença para os meus dias e não soubesse. Daí a apreensão em limpar, tirar o pó de sua casa. Sem compreender, é óbvio, quando Otávio chegou, fui caindo numa armadilha que sequer armara pra mim. Mas eu tinha minhas razões pra me deixar arrastar. Me vi frente a frente com alguém que passara por um sofrimento parecido com o meu. Muito embora não fosse Otávio filho da empregada com o alemão da *Ferteco*, pelo contrário. Em compensação, sofria de um passado, assim como eu. Também tentava se desfazer desse ontem, assim como eu.

E não se cansa de lutar.

Nem mesmo quando volta ao devaneio que construíram pra ele e, sem saber exatamente por que, perde o sono.

Engraçado, isso de viver imerso em aventuras. Concordo com minha mãe. Vai entender, ela diz. Rapaz feito, barba na cara, emprego bom, salário alto, cargo importante em companhia de mineração, gozado, isso de precisar de mentiras pra viver, muito cuidado, filha, ó, cuidado, porque nem parece coisa de homem, gente, meu Divino Espírito Santo, como é que pode uma coisa dessas? Quer saber, as histórias que ele te conta não passam de conversa fiada.

* * *

É um castelo.

Não como aquele construído por Henrique VIII para suas mulheres. Não se parece em nada com os jardins de *Hampton Court Palace,* os quais ele visitou na companhia de Clara, na displicência de uma solidão compartilhada (quantos adjetivos!, não é coisa que se escreva), nos arredores de Londres.

Mas é um castelo.

Única função: trancar segredos. Talvez seja o estranhamento de se acrescentarem palavras à beleza. Também o que podia haver de mais estranho, rebuscado, significante? Sim. Mas principalmente a inverossimilhança de se imaginar um cinto de castidade sob camadas de babados. Violar o adereço é ainda mais descabido, com a brutalidade, contra a muralha, enquanto tememos o recuo da ponte levadiça. E a cava profunda. Talvez porque uma das moradoras pareça donzela, açucarada como a história da qual seria protagonista se fosse uma heroína medieval. Ou acaso porque, com os olhos, gestos, entonação de voz, inclinação da cabeça, suplique aos homens que lhe façam a corte. Só por isso, Otávio escuta, oh!, trombetas, e acha que é como uma fortaleza a casa situada no Recanto dos Colibris, numa das partes mais altas da cidade.

Próxima ao Cristo e seu grande penhasco.

Essa austeridade inocente, Sílvia a insinuou ontem, ao se conhecerem, na pizzaria.

Na verdade, conhecê-la era o que lhe restava depois de vir morar na cidade: *Quando já estiver instalado, não deixe de entrar em contato*... Foi o que ele fez, só para satisfazer Clara e, embora lhe custasse acreditar, constatava que Sílvia era bem pouco boneca em comparação ao que sugerira a irmã, muito pelo contrário, bem mais real do que jamais pudesse supor.

Na pizzaria, ficou de olho nela pelo maior tempo possível, enquanto conversava com as amigas, todas elas dondocas e quase balzaquianas, bonitas, algumas, que se sentaram à mesa com eles, até se levantarem, em comitiva, para variar; então criou coragem e se aproximou porque ela era a única que dava vontade de, ela também ficara de olho nele, ora se esquivando, correndo-lhe o olhar, não mais ouvia o que diziam as amigas, todas estavam sempre buscando alguém diferente; até que resolveram ir ao banheiro, quando enfim viu ele chegar perto. Pediu para se sentar, puxando de pronto a cadeira, com o movimento se debruçou um pouco, e foi para ela como se fizesse reverência, o braço apoiado à mesa, cotovelos politicamente corretos:

Aceitaria substituir essa fatia de *margherita* por um beijo meu?

Ela suspirou bem fundo. É que existe um sentimento de pressa, irreplicável, que nada tem a ver com a época em que vivemos. É um modo masculino, característico, de conduzir a conquista. Como se sonhassem e se deparassem, súbito, com o objeto do sonho; mas de nada adianta aquela placa, visível sob o vidro, próxima às peças de arte em exposição: "favor não tocar". De nada adianta. Como crianças mal-educadas, o que eles não fariam para ver com as mãos? Pois ela suspirou de novo; e tremeu. Ah, como quem dissesse, continue. Otávio nem notou. Apenas a argola brilhante e maciça que atravessava o lóbulo; uma delícia, aquela orelha. Porque de repente numa agitação, uma entrelinha, reconhecendo-se esperto, cosmopolita, globalizado, nunca havia estado frente a frente com a astúcia guardada tão dentro, jamais havia viajado rumo ao interior mais objetivamente provinciano que se possa imaginar, como naquele instante em que se encontrava ali, aos seus pés.

Acima de tudo, havia o prazer em fantasiar, inventar um passado para o moço, um futuro de jantares a dois. Preciso me conter, meus impulsos. E tenho de parecer engraçada. Estava naquele *site* que homens detestam mulheres tristes, adoram seriados policiais, filmes de ação, aventura, comédia, valorizam certa obliquidade. Pois serei irônica e divertida; moderna e chique. Não há nada mais atual e elegante que uma pincelada de ironia. Esta noite me contentarei em ficar conversando com ele.

Da boca, uma melodia com a qual Otávio não se familiarizara ainda, uma musicalidade falada e mal traduzida, como se fosse de outro tempo naquele lugar. Rouca, foi essa voz que o levou a procurá-la depois. Mesmo cortando as palavras, subtraindo o final, as moças da cidade parecem tranquilas, ela nem me beijou. Mas esbanjam diminutivos. Depois de me confessar que sabia dançar, como se todas não soubessem, o olhar disperso passando da toalha xadrez, de cantina italiana, em vermelho e branco, à sobriedade inebriante dos casais e turmas de amigos nas outras mesas, fixando sua igual falta de atenção no lustre de madeira talhada, rústico, que pendia do teto, pé-direito altíssimo; de repente, Sílvia se virou para mim com um convite decepcionante. Queria que eu fosse conhecer o lugar onde vivia com a família, e participar do café da manhã, um ritual, para poucos escolhidos, aos domingos. Chamou isso de uma passadinha em sua casa, no dia seguinte. Talvez ela quisesse dizer que eu era um iluminado, não entendi na hora, e continuo sem entender, o que é que ela quis dizer com ritual, desjejum, reservado, refeição sagrada, para poucos...

Mas aqui estou eu.

Será que alguém já saiu vivo de um castelo como esse?

Otávio estacionou o carro do outro lado da rua, tirou o *Ray-ban*, e viu que a senhora, na varanda sobre a garagem, ajeitava no vaso um ramalhete. Envelhecida, os cabelos num coque, mal presos porque ventava um pouco, então um pouco descabelada também, envelhecida ou idosa realmente, uma senhora que se ocupa de flores. Não as compra em floriculturas. Com esse jardim todo... Uma faixa longa de gramado e canteiros detrás da grade de barras de ferro esguias, pontiagudas... É primavera e é domingo, só pode ser cultivo próprio. Otávio ficou observando-a ajeitar as flores, a mulher mordia a língua, que se esgueirava para fora da boca como se fosse um esforço aquela tarefa ou quem sabe um mero cacoete, de concentração.

E ele pensou: está murcha.

Deve ser a avó.

Ela pôs as flores logo de uma vez no vaso. Sílvia disse que a velhinha era briguenta. Essa prepotência da idade, uma sabedoria avarenta, que faz as pessoas murcharem.

Sempre tinha essa impressão quando, com um angustiante arrastar de chinelos pelo apartamento, o avô recusava o andador, a bengala ou o seu braço, titubeando. Tão frágil, já na antevéspera do dia mais triste na vida de Otávio, o avô ainda fora capaz de magnetizar a vontade última, e se recostar à cadeira de balanço para conversar com o neto sobre o Júlio Verne de que mais gostavam: *Viagem ao Centro da Terra*. O avô Ninito lhe disse, quando era moleque ainda, o avô, altivo, disse-lhe que não precisava ser astronauta, missionário de populações excêntricas em Marte ou espectador lunático de planeta azul. Como que por soberba. Havia uma maneira outra de explorar o mundo. Diferente dos marinheiros, pesquisadores oceânicos, cosmógrafos ou dos desbravadores do descobrimento. O avô era um mestre. Mais até do que Verne, em ficção científica. Hoje, ficaria embasbacado com os pluviômetros, boletins e radares meteorológicos. Ninguém acreditava em previsões do tempo. O vô Ninito dizia que era o mesmo que ter fé, nas longas tranças das cartomantes, com suas franjas caminho-de-rato sobressaindo dos lenços floridos amarrados muito justos. Ou acreditar nos dedos traiçoeiros das ciganas lendo nossas mãos.

Quanto a esses dedos de agora, na varanda, disse Otávio a si mesmo, espaçosos também devem ser, porque abarcam rosas, margaridas, gérberas, gipsos... Dona Lilá, que ajeitava no vaso o ramalhete, inclinou um pouco para o lado a cabeça e a água meneou, como num balde suspenso, antes de jorrar. Na direção da rua, fez o quanto pôde para identificar o rapaz que agora manobrava, embicando o nariz do carro nas grades da garagem. Geralda, filha, corre aqui! Já vou indo... Vem, vem, veja se aquele ali... Placa de fora, Dona Lilá. Pois então, veja se não é o moço, o tal engenheiro de minas que a Silvinha conheceu ontem. Disse que viria para o café da manhã. Está perdido, coitado! Dê uma chegada ao portão e faça-o entrar.

Sonhei que estava na ponta dos pés beijando Otávio à entrada de um palácio medieval. Não era um lugar qualquer, mas a *Tower of London* sobre a qual Clara chegou contando ao retornar. A fortaleza teve sua construção iniciada em 1070 por Willian, o Conquistador. Depois de ouvir a história, e a Clara até me trouxe de presente um folheto, ela disse que é um *guidebook* com muitas informações a respeito e fotos belíssimas, desde então, todo o meu romance com Otávio, o amor que acho que nunca vou poder viver, passei a sonhá-lo ali. Enquanto escrevo, enquanto estou pensando nele, em Sílvia, e em Clara, e em muitos outros, fico imaginando o povo de Londres; nunca tinha visto nem tocado nada igual.

Por isso quase não acreditei quando Otávio comentou que achava a casa do Recanto parecida com um castelo; pensei, é muita coincidência. Enquanto escrevia os primeiros capítulos, fiquei imaginando, quem sabe não teria sido mesmo assim. Mas isso foi quando comecei a escrever. Já faz algum tempo.

Hoje não.

Intermináveis registros.

Hoje eu acordei depois de muitas noites em que dormimos juntos.

Diante de mim, um vácuo.

A ausência de uma manhã em que passava pelo corredor no andar de cima, passava distraída rindo de alguma coisa quando ouvi o som de um abraço:

Geralda, minha amiga, muito obrigada por me ouvir, muito obrigada. Sim, minha querida, porque o falecido deixou muita saudade, você sabe. Porque um dia ele também fez uma coisa dessas de vir ao meu encontro numa manhã de primavera. Papai, que ele achou que estivesse na missa das dez, chegou à janela e nos pegou conversando no passeio. O falecido se achava o rei, quando bateu os olhos em papai, transfigurou-se. Submisso como um vassalo. Papai era um retrato um tanto maior que ele. Pra mim, não passava de um cavaleiro, o mais bravo de todos. Jurou-me fidelidade, um dia. Como a uma rainha. Imagine, Geralda, esse moço aí, na sala, o tal rapaz, ele entrou, não entrou? Mandou que sentasse e esperasse? Você falou que a Silvinha está no banho? Falei, Dona Lilá. Pois bem, imagine esse moço, quando me for apresentado, que Deus o abençoe!, eu direi. Afinal, não se trata de uma batalha. Rapaz distinto. Veio de longe. Pensei que fosse de Ouro Preto, Dona Lilá, a Silvinha fala que Engenharia de Minas é só em Ouro Preto. Silvinha tem razão, uma faculdade de mais de cento e trinta anos. Mas esse aí, não. Esse veio da cidade das grandes fortunas, grandes empresas, comércio refinado, camelôs, catadores de papel, sem-teto, meninos de rua. Decerto, formou-se na USP.

Hoje me lembro de ter ouvido o que elas conversavam naquela manhã.

Enquanto descia a escada em direção ao *hall*, vi que Otávio havia entrado na casa, sim. Com um sorriso de lábios apertados, pude perceber pela sua expressão que ele já estava arrependido de ter vindo.

Contemplava a sala. As paredes brancas em três ambientes que se comunicam através de desníveis sutis no assoalho de tábua corrida. As portas e janelas azuis. A solidão para Otávio é azul. Foi o que me assumiu ontem à noite, a voz bem baixa, em seu primeiro monólogo desde que nos conhecemos. A solidão. Ele terminou dizendo. O que por si só já é difícil imaginar. Pois parece com aquilo que nos escapole e escorre entre os dedos como acontece quando estamos entediados. Mas se a solidão era uma realidade desde o início, e nada Otávio pôde fazer a respeito, como podia ser uma cor, mesmo que desbotada? Muito menos alegre e viva como são os azuis. As janelas dessa casa. Porém, pra ele, a questão é bem mais simples e pessoal. Fica assim não, Otávio, eu lhe disse ontem à noite. Pensei em lhe dizer também, se quisesse ou não aguentasse, podia chorar baixinho; eu ia fingir que não escutava. Pensei. Fica assim não.

Naquela manhã, contemplando a sala, Otávio continuou caminhando em direção às guilhotinas abertas. O parapeito baixo. De onde estava, viu que lhe batia nos joelhos. Do parapeito, avançava sala adentro uma pedra-sabão que era um convite para que Otávio se sentasse e, por mais exausto que parecesse, abriu um sorriso quando percebeu o pequeno tabuleiro de "resta um" em pedra bicolor, cujas peças, bolinhas de gude, eram como contas. Fizeram Otávio se lembrar da mãe e de sua vivacidade no olhar. Havia morrido. Alguns meses já. Seis. E que morte! Não houve quem pudesse curá-la. Havia envelhecido prematuramente; seus cabelos, a respiração. Ele ainda não se conformava em tê-la perdido; por isso (descobriu num instante), aceitara o convite da mineradora para fugir e se instalar, talvez recomeçar numa cidade estranha; por isso, foi uma espécie de invalidez que golpeou as pernas de Otávio, quando ele focalizou a agonia da mãe nas janelas, nas portas e no jogo de contas azuis da cor dos olhos dela.

Muitas vezes, na infância, ele a provocava tanto, como no dia em que sacudiu pelo pescoço duas galinhas de ponta-cabeça no vaso sanitário, ele a instigava até que a mãe especulasse sobre o caminho que ele tomaria na vida. O filho corresponderia aos planos de sucesso, poder e felicidade? Para dona Maria Eugênia, Otávio deveria ser um guerreiro como o pai.

No centro de um dos ambientes, a mesa grande.

E Otávio imagina a família reunida, a família de Sílvia.

O pensamento voa logo para o dia em que a mãe lhe bateu, de tanto que ele a provocou. Seus olhos brilham de saudade. Nesse dia, ela o perseguiu em torno da mesa da sala de jantar, tão grande quanto essa aqui; ou eu é que era pequeno? Correu atrás dele, chinelo na mão, dedo em riste. Terminada a sova, contrariada, foi para a rua, saiu batendo a porta, Otávio teve medo que voltasse apenas em tempo de fazer as malas, mudando-se para alguma tribo distante, ela amava a natureza, quem sabe uma comunidade de primatas, longe dele e do pai. Teria sido esta a primeira vez que Otávio prestou atenção naqueles panos, as saias. E nas carnes que as recheavam. Eram tão quentinhas, de um cheiro estranho e bom, as pernas, ele as agarrava, para que a mãe jamais o abandonasse.

Otávio inveja famílias reunidas.

Na falta de tudo mais, a mãe dele se cercou das outras. Regina, Cidinha, Eunice, Branca, Marília, eram tantas e tão ameaçadoras, as amigas da mãe. Eram como parte de uma sociedade secreta, dizia o pai. Otávio deixaria de jogar bola algumas vezes só para tomar conta, o pai pedia que vigiasse. O menino deitava o tabuleiro de futebol de botão no assoalho de tábua corrida a um canto da sala de jantar enquanto as mulheres desfilavam pernas de fora umas para as outras. Trepavam na mesa grande, iam de uma ponta, andando como se houvesse trilha, até o outro lado, quando chegavam lá, balançavam a cabeça e retornavam. Uma força perseguia as bochechas de Otávio quando era a vez de Maria Eugênia, em cima da mesa. A força era tanta, empurrava-o para o alto, que ele tossia, engasgava, até lacrimejar. Vinham as mulheres, batiam-lhe nas costas, erguiam-lhe os braços, e davam risadas: Que temperamento tem esse garoto! Só porque a mamãe está se exibindo. Otávio bufava. Meu moranguinho! A mãe descia depressa e elas ficavam a lhe elogiar a saia, diziam, como sempre, era a mais elegante, e se juntavam no tapete com pedaços de um papel esbranquiçado, um tanto leitoso, um pouco transparente, e um tipo de giz vermelho, a mãe tirava a roupa e a estendia sobre o papel, o giz contornava a peça; ao lado, uma caixa cheia de agulhas, linhas, fitas e botões. A saia, elas chamavam *evasée*. A caixa, falavam, nossos aviamentos.

Agora os olhos de Otávio, enfumaçados, de qualquer luminosidade que pudesse trazer nesta manhã a primavera, seus olhos achavam-se à noitinha, quando o pai aparecia e o menino contava toda aquela bagunça que elas teriam aprontado. Falava dos vestidos, das saias, das pernas em cima da mesa, das roupas no chão, do giz, do papel e dos rabiscos. E a mãe se enfiava entre eles no sofá. Prometia que ainda havia de costurar para Otávio uma túnica de cavaleiro, um brial, ou uma verdadeira roupa de príncipe, você é o meu príncipe, meu amor. Por tudo isso, quando o pai dizia que Otávio não se preocupasse com a mãe e as amigas, elas apenas se divertiam, que Maria Eugênia era uma mulher moldada para a vida toda, o menino ficava sem entender, então por que é que o pai pedia que tomasse conta?

Aguarde só mais um minutinho, que a Silvinha já vai descer.

Do topo da escada de alumínio, dessas que se prestam aos serviços domésticos, a moça guardava alguma louça na prateleira mais alta do armário de madeira. Ela e os pratos lhe parecem tão leves, Otávio tem vontade de contê-los para que não saiam voando. Empoleirada e de costas, ela pergunta: O senhor aceita alguma coisa? E se desculpa pelo atraso de Silvinha, ainda no banho: Não tem como explicar, o senhor não acha, hein, a falta de preocupação com a água do planeta? Otávio agarra esta informação e a de que o nome da moça é Rílare, com R. Ele pensa, as mulheres são como parte de uma sociedade secreta. Ela vai para a cozinha. Gostosa, faz Otávio, estalando os lábios.

Esmaecendo as pupilas novamente, as pupilas azuis pequenas, relaxando aos poucos os pés-de-galinha, permitindo que a infância lhe volte como uma história que ele escrevesse, Otávio se recorda. Daquela época, lembra também de um telefonema. A mãe, esposa de latifundiário e promotor público, conversando com a mãe de um colega da escola, esposa de médico. Ouviu ela contar para a outra que um partido político novo, não, disse inovador, um partido de metalúrgicos, estava sendo idealizado. Otávio se sentiu igualmente medroso, depois de dona Maria Eugênia ter explicado que metalúrgicos eram trabalhadores, e ele ter reconhecido naquele dado um verdadeiro perigo, já que o pai reclamava tanto dos empregados da fazenda. E como alguém que passa o fim de semana numa ilha deserta, descobre que hoje, depois, vida afora, aos trinta e oito, não acredita mais no amor ou em partidos políticos.

Otávio se deixa levar pelas lembranças.

No terraço da cobertura dos Jardins, em São Paulo, vô Ninito e o neto, ainda muito pequeno, eles ficavam deitados, cada um em sua espreguiçadeira, no deque à beira da piscina, sentindo um vento brando, deslocando as nuvens, devagar. Massas que não seriam encontradas naquelas formas em nenhum outro instante. Por ora, amainavam a força do sol. Brancas, poderiam depois encobrir os prédios, toda a cidade. E se acaso chovesse, primeiro o cheiro de poeira, só então de chuva, isso aconteceria bem mais tarde, no auge da inversão térmica, quando as nuvens inchadas, enegrecidas, numa só, amenizariam a névoa poluidora. O avô era um mestre. Mais até do que Verne. Embora não precisasse ser nenhum *expert* em ficção científica para saber. Bastava viver ali, há trinta e poucos anos.

Do que é que eu preciso pra ser um homem do espaço?

Otávio perguntou ao avô numa daquelas tardes de desenhar o céu. E Ninito disse que, para se apegar a uma profissão, já adulto, algo como uma condição insuportavelmente distante a Otávio, talvez fosse necessário buscar a resposta entre o rendado das nuvens, o que o menino entenderia, só no futuro, como sendo algo parecido com respeitar os sonhos.

Afinal, o que é o agora?

O avô gargalhava, tendo sido o primeiro a lhe contar das placas tectônicas, da crosta, do magma e de uma palavra que Otávio considerou a mais bonita: Geologia. Mas o avô era misterioso, econômico, não explicara muito bem do que se tratava, apenas permitira que Otávio brincasse com as camadas dessa palavra. Uma vez ele resolveu revelar. Dizer da riqueza do solo. Não se referia ao pasto e aos bois cercados, o maldito gado nelore.

O pai não está mais aqui.

Digo isso a mim mesmo, uma certificação, como se fosse um atestado por morte presumida.

O pecuarista se foi.

O promotor nunca deveria ter existido.

Otávio, silencioso, balançando lentamente a cabeça, deixou o avô, e passou a escrutinar o pai, os cabelos, a barba, ele era capaz de coisas de que o rosto liso de Otávio era incapaz.

Marchador, em seu mangalarga. O menino sorria, ao ver doutor Archimedes assim, pela manhã. Tentava convencer o pai a levá-lo até a margem da lagoa, para que olhassem o céu e brincassem juntos de adivinhar a silhueta dos bichos nas nuvens.

Paiê, o vô fala sempre da amizade e do amor que Deus manda ter com os animais.

Já vem você se meter com desenhos. Vou correr a propriedade primeiro, replicava, e devolvia com a cantilena, expressão do vô Ninito, justificando o que tinha para fazer, antes da hora do almoço, da maneira como entendia ser a mais correta, romper a manhã como o boi que arrebenta arame farpado; averiguar alguma cerca tombada; proteger divisas; campear o gado e, por sorte, algum bezerro recém-parido, trazê-lo para o curral; orientar o serviço, curar umbigo, emendar com a aplicação de vermífugo, adeus carrapatos e bernes; finalmente assistir ao espetáculo de peões girando no ar o laço, laçando os bois, derrubando os menores e puxando ao tronco os outros, mão firme no cabo de madeira, haste comprida de ferro fundido até a ponta, incandescente, mergulhada na fogueira.

E as iniciais AV atarraxadas, impressas nas ancas, do lado direito.

Otávio ouvia aquela retórica, essa palavra também lhe fora apresentada pelo avô, escutava aquilo até o pensamento ficar coberto pela poeirada que subia, os cascos pesados do pai, esquivo, dizia Ninito, as patas do mangalarga assumindo o caminho do pasto, o lombo do cavalo oprimido pelas pernas de doutor Archimedes, sua mente assoberbada, completava o velho, tantas tarefas. A mãe olhava aquilo e dava de ombros, voltando a se concentrar no livro de poesias como se não notasse que o filho engolia soluços e planos, seus desejos se entranhando no rastro do tropel do animal. A mãe então contorcia a boca, fazia um muxoxo, um resmungo, quando o menino surgia, embolando-se ao estampado florido da saia *evasée*. Ele vinha por desistir do pranto, fazendo beicinho. Ela recuava por ter de fechar o livro, reconhecendo o olhar.

Ô, meu pequeno!

E Maria Eugênia levantava o filho pela cintura. Vamos combinar o seguinte, Tavinho, quando chegarmos a São Paulo, mamãe vai providenciar pipoca e brigadeiro no café da manhã. Bastava um sorriso. Ela lhe estendia uma das mãos e Otávio vinha com a sua para que as espalmassem. Era a senha de que Maria Eugênia se valia: Agora, enquanto seu pai não volta, vai brincar, vai. Upa! Punha o menino no chão. Estou falando de brincar mesmo, e se divertir, lá fora, hum, o que acha? Otávio repetia assim, com a cabeça, que não ia a lugar nenhum. Ela erguia o braço e apontava, naquela direção, o dedo, deixando claro do que se tratava o tal divertimento. Vamos ver se você já é grande o bastante, e corajoso, para ir daqui... até a beira da lagoa. Não tem perigo, filho. Haverá sempre algum empregado vigiando. Pode. Vai. Sem susto. Mamãe confia em você.

Otávio deixava a mãe sentada, na varanda.

Nos ouvidos, "mais tarde a gente..."; ia enfiando as promessas, "numa outra hora..."; daquelas manhãs, "vou correr a propriedade primeiro..."; enquanto descia os degraus, pés descalços numa ligeireza, as mãos açoitavam o ar, como se as bordoadas se endereçassem ao mangalarga.

E rumava para a lagoa.

Ia murmurando um refrão qualquer, um jingle de comercial da TV. E ficava aliviado só de entoar aquelas palavras... as mesmas... palavras... nem lembra quais. Viu-se correndo, como se brincasse de pique-pega, com mais ninguém, numa carreira só, atalhou pelo pomar, foi assim que topou com Pancho, ele focinhava por ali, e de tão apressado, que baita susto!, foi assim que chegou pingando, língua pra fora, caiu sentado, buscando no capim d'angola, às apalpadelas, pedrinhas, o barro, o lodo, fazendo montes de areia, enchendo as mãos, arremessando tudo aquilo dentro d'água.

Otávio passou a repugnar a fazenda em Ourinhos.

Começava a se coçar na saída de São Paulo, as juntas empoladas de "dermatite atópica", segundo o médico do *Einstein*, “uma asma emocional”, conforme escarrava a mãe nos bigodes do marido: O menino não se adapta à vida rural, não sei por que você nos obriga. E Otávio seguia a Castelo Branco chiando, peito cheio, a bombinha esquecida na gaveta da mesa de cabeceira. O que ouvia a partir daí eram os palavrões do pai, o choro da mãe e a própria consciência abocanhada de culpa enquanto roía as unhas para retornarem por obrigação, acelerados, e resgatarem, relegado, o remédio.

Esses fins de semana eram de uma inquietude igual.

Como o ranger das dobradiças da porteira da fazenda.

Foi o pai, de fato, quem terceirizou Otávio ao avô. E, pelo menos nessa época, Otávio sabia que o avô não lhe faltaria: Claro que você pode cursar Geologia, Tavinho. Que absurdo! O pai, gritando: Filho meu tem de fazer Engenharia!

Deixa-se levar pelas lembranças.

As janelas da casa continuam abertas. Olhos vidrados. Das janelas azuis emolduradas as mesmas nuvens do dia em que haviam se aproximado do casarão. Ele ainda não compreendia.

Impostoras, armadas até as coxas, cinturas, bocas, vestidas de algemas, nuas, homicidas, triplamente qualificadas. Ainda não sabia como fazer e sentiu, de forma imprecisa, que não seria protegido, o que o deixara ainda mais dormente, o peito, um formigamento, aos estilhaços; mesmo que no momento exato da entrada no lugar, aquele inferninho, como ouvia dizerem; um mafuá, conforme o classificavam.

Embora na sala de Sílvia, agora, a casa do Recanto, Otávio já estivesse sentado no sofá e parecesse ler o *Correio da Cidade*.

Assim eu passei a escrever.

E aquilo foi deixando de ser propriamente um esforço e se tornando apenas incômodo. Que seja um incômodo com elegância. Aconselha Silvinha a respeito de qualquer coisa. Acho que ela diz assim porque sabe como se faz.

Escreve diários.

Com a própria letra.

Às vésperas da chegada de Clara, fui ao quarto de Sílvia arrumar as gavetas e vi no fundo de uma delas alguns cadernos que me chamaram a atenção. Não tinham nenhum defeito, ao contrário, sugeriam uma intimidade, eram mesmo especiais, pareciam artesanato, o corte do papel, a costura, a montagem, as capas de couro e os barbantes que as amarravam, todos eles tinham um aspecto rústico. Naquela tarde, perguntei a Sílvia o porquê de sua preferência. Sugeri que criasse um blogue se queria escrever; logo ela, uma mulher tão moderna. Sílvia me respondeu: O diário de papel a deixava muito mais calma e era em si uma experiência também muito mais agradável, meio nostálgica, pré-industrial. Eu permaneci calada, observando, enquanto ela explicava. Até que não mais aguentei: Silvinha, desde quando você tem saudade de alguma coisa, menina? Desde que estive na França. Sim, quando conheci Paris, lembra que a vovó me pagou aquela viagem de formatura? Então, você tinha de ver, eu estava passeando por uma feirinha no *Quartier Latin*, e era muita gente, umas trinta barracas de bolsas, bijuterias, bugigangas, e também de peixes, queijos, doces. Hum?! Que delícia, Silvinha! Você não viu nada, menina, de repente, me apareceram estes cadernos, estes aqui, um monte deles, na barraca de um senhor que me tratou bem, com aquele jeito deles de tratar a gente; fez questão de me contar que conhecia o prefeito de Belo Horizonte, imagina, mostrou até um cartão de visitas do sujeito; eu pensei, só mesmo daqui, deste fim de mundo, para um político deixar sua identidade com um barraqueiro em Paris. Hã?! Não estava entendendo mais nada: E daí, Silvinha? O que é que tem de moderno nisso? Ela me olhou, e estava realmente calma: O charme de uma época, ora! A oportunidade de compreender uma época distante. Estes cadernos são inspirados nos diários de artistas, cientistas, poetas do século dezenove; tem alguma coisa mais chique do que isso?

Naquela mesma tarde, não resisti e retornei às gavetas enquanto ela estava estudando para o concurso na casa da Flavinha.

* * *

Até ontem, Sílvia sonhava desapaixonar-se.

Acabava de dizer isso, estava lá, de novo, idealizando.

Leonardo teria sido um deles, a lhe desmentir as promessas de realidade. Chegava a esperá-lo debruçada sobre o peitoril da janela. Com tantos *sites* de relacionamento, meu Deus! Que coisa mais primitiva! A janela do sobrado, na casa da amiga. Tão bobo fora o seu entusiasmo, que as tranças da Rapunzel aqui, ó, caíam pendentes sobre a Rua Afonso Pena, por onde Leonardo passava à tardinha, de volta do trabalho, o paletó descansando num dos ombros, a gravata frouxa, ele avançava desdenhando as mesas do boteco em frente. Caminhava sério, compenetrado, umas olheiras que julgara inteligentes. Sob os óculos.

Agora, trata de se levantar, num pulo, investigando os chinelos sobre o tapete. Ao entrar no banheiro, tira a calcinha de algodão para carregá-la como a alça de uma bolsa, enquanto as pernas afundam, uma de cada vez, nos sais de banho, ao mesmo tempo que, antes de se agachar por completo, pendura a peça íntima num dos misturadores, o de água quente.

Que cavalgassem pra longe, todos eles.

Nunca acreditara realmente que príncipes existissem.

Antes, bem antes, andara na perdição, de amores pelos

mesmos moços desse interior. Ora se revezavam ora congestionavam seu pensamento. Mesmo àquela altura da vida, longe a adolescência. Tem graça essa sonhação toda, Silvinha? Ponderava Geralda, em sua sabedoria: Vê se não inventa, filha, isso é tudo uma bobiçada, presta não, serve para eles matarem o tempo e a gente, na rédea curta. Ficava confusa. Mas não deixava de sonhar. Haveria de chegar o tempo em que conheceria um homem com quem pudesse ficar serena, de quem fosse desnecessário se defender.

Agora ensaboa. Dos pés até o pescoço, a nuca... O sabonete *Salomé* estivera encalhado na gaveta da cômoda da vovó. Bergamota, lima-limão, lavanda e manteiga de murumuru, diz o rótulo, fazem bem à pele e ao olfato.

Hoje, as amigas casadas.

De onde teriam surgido tantos maridos?

Em que momento eles fizeram o pedido?

O tempo que se gasta na preparação do banho.

Mão chacoalhando a água, mergulhando a bucha, encharcando-a, espumosa.

A nudez do corpo.

E tudo sacudindo dentro dela.

Esfrega o torneado implacável das panturrilhas endurecidas pelo pilates; com as unhas semilongas e peroladas, pintadas de *Risquè Preguicinha*, sugestão da semana no *Facebook* da amiga, as unhas tentam desencravar um desses pelos teimosos, encoberto, estava mesmo era precisando de uma boa esfoliação. Beija os joelhos, um, depois o outro, colados e pensativos.

Não se podem afrontar os desígnios divinos, isso é pecado.

Vó Lilá costumava esbravejar, quando a mãe juntava as meninas e algumas bonecas, e as mergulhava na banheira, para que dessem um pouco de sossego, era o intervalo de que precisava para ler uma revista, lixar um calcanhar, fazer uma escova, depilar uma axila. Repare bem, Guida, como elas se pegam, tapam os olhos uma da outra, em adivinhação, não se sabe de quê, cada hora uma, veja lá, em revezamento buliçoso, pode não, oh, *pss-chiu!*, parem com isso, já já, Silvinha, Clara, suas pestinhas, está errado. Não é porque infantis, que sejam doces, essas mãozinhas. Não é porque irmãs, que possam tomar banho juntas.

Daqui a pouco, ela vai recepcioná-lo, como se recebe um conhecido, não, um novo amigo, num domingo de primavera, Sílvia gosta de se atrasar para o café da manhã; em casa, só os amigos a gente convida para entrar. Porque o cavalheirismo não morreu e ainda haverá quem sirva um café cheiroso e uma rosa, um botão, na cama. Tantas risadas da valentia dele ontem à noite. Viu em seus olhos alguém que amansa, esquadrinha, explora o terreno. Atalhos. Ele é um homem comum, de olhos azuis. E mesmo cuidadosa nesse começo, procurando malquerer aquela força, deixou-se refestelar com o que viu.

As coxas afinal se entreabrem.

Sutil tremedeira.

Relâmpago de meio segundo.

Me diz uma coisa, Guida, se podem crescer assim essas meninas? Nem sombra de reação. Não se ouvia nada, pois ficava imersa, a mãe, em tão grande silêncio, que era de se admirar, e não havia entre elas, Guida e Dona Lilá, outra coisa senão um meio-sorriso; sim, mantinham-se distantes, duas mulheres empacadas, dogmáticas.

Acaso houvesse paixões vitorianas?

Na Inglaterra, ao menos, ainda existissem?

Por Deus, haveria alguma necessidade de que Otávio tivesse conhecido Clara da forma como ocorreu, encontrá-la num *pub* londrino, qual a probabilidade de uma coincidência como essa, antes de vir ciscar na minha mesa, numa pizzaria interiorana do hemisfério sul? Depois quer a vovó, catastrófica que só ela, com essa mania de fim dos tempos, insistir nesse negócio de livre arbítrio. Que nada.

De fato, as meninas adivinhavam a ternura silenciosa da mãe.

A claridade do sol dimensionava o tamanho do abraço que se permitiam, ajuntando o rosto de uma ao da outra, os olhos apertados daqueles sorrisos. A luminosidade fazia brilhar também as lágrimas incomunicáveis de Guida, ela saía correndo para buscar a filmadora, recém-chegada da Zona Franca, um espetáculo, e voltar com o equipamento, um pouco pesado, meio sem-jeito, para testemunhar essa prova de amor das filhas. Enternecida, esquecia a revista, o calcanhar, o cabelo, a depilação, demorava horas enchendo a vida com aqueles instantes; em si mesma, já repleta de arrependimento.

Dentro da banheira, agora, Sílvia tem a curiosidade em saber o que fizeram Otávio e Clara, naquela e nas outras noites, em Londres, nos arredores; em Surrey, onde ela estudava. Será que ele a visitara? Não quis perguntar. Ele, como se atendesse ao seu desejo, ontem lhe contou que conheceram juntos o castelo de Henrique VIII e o labirinto mais famoso do mundo. Falou que se excederam um pouco naquele dia, porque fizeram um piquenique nos jardins do palácio, e tomaram champanhe, e brincaram de correr até que ele não a alcançou. Como ela tinha um lenço sobre a cabeça, com o qual se escondia, porque ventava, ele a pegou pelo braço, mas foi ela mesma quem descobriu o rosto. O que fazer? Se voltasse a mencionar o assunto...

Como uma bolha que estoura dentro de uma taça de champanhe, as mãos em concha sustentam as bolas de sabão, que o sopro delicadamente faz explodir. O quanto será que beberam durante o piquenique; será que o champanhe, como um banho, tinha esse frescor?

Dona Lilá cruzava as mãos sobre o peito.

Minha Nossa Senhora!

Como mãe, caso não faça nada por essas crianças, Guida, quando você acordar, um dia, a natureza terá feito; sei que não acredita, acha que isso é bobagem, mas é maldição. E Clara parecia não ouvir, mas Sílvia não podia deixar de escutar, e o efeito que isso tinha não era o que se imaginava, esse era o jeito que aquela família descobrira de estar perto o suficiente para sobreviver. Para

Sílvia, o oásis da infância. Ela pensa agora: Seria justo passar a tarde naquela bagunça molhada, sem ceder ao desejo de botar a mão na honra de Clara, como diria vovó; se pudesse, a velha, roer o passado e enxergar através da água turva, engordurada, gosmenta, para crer que as meninas trocavam carícias, e então mordiam os ossinhos dos dedos como quem chupava uma asinha de frango, para ver que aquele gosto era tão perfeito como se dizia.

Bom dia.

Sílvia acabou de chegar.

Perto o suficiente para que apenas o queixo, empinado, se atrevesse a roçar a borda do jornal.

A voz, num sussurro, rouca como ontem à noite, na pizzaria.

Ele ergueu a cabeça, baixando a página.

Sóbrio, tão instantâneo movimento que Sílvia nem percebeu Otávio se separar de suas lembranças para então olhar as pernas cruzadas à sua frente, por ela ter se sentado no mármore carrara gelado da mesa de centro. Ela também chegara tão mansa, Otávio nem notou o fato de, a princípio, ter sido observado.

Estava lendo as notícias da região; e você, dormiu bem? Sim, ainda fomos beber a última, na casa da Flavinha, aquela, baixinha, gordinha, lembra? Não. Pois é, bebemos mais uma, depois me trouxeram.

Otávio alçou os olhos e viu quem vinha descendo: tinha a mesma alegria de uma matriz nelore. Verdade que as passadas não estão exatamente firmes, mas confiáveis, com a ajuda do corrimão, da bengala e da escolta discreta da acompanhante. Sílvia sorriu ao avistá-la. Otávio especulara sobre quem seria Dona Lilá, quando a estudou há pouco, na varanda, e agora podia investigá-la melhor enquanto ela descia as escadas; nesse instante lhe ocorreu compará-la à imponência, ao orgulho e à agressividade que emanavam das fêmeas da fazenda. Nem existem mais. Ambas, a propriedade e as vacas. Desce olhando ao redor, contudo sem mover a cabeça, pavoneando-se, como se se apreciasse num espelho imaginário que a acompanhasse à altura exata da importância de sua chegada.

Ah, lá está ele. A um canto do nosso sofá. Deve estar se imaginando em meio a um ninho peçonhento. Engana-se. Esta é a sala de visitas da nossa caverna, nossa gruta submersa, pensando num termo que possa lhe ser familiar, apropriado à sua função, ou melhor, ao seu ofício.

Olhou Otávio ao pé da escada. Primeiro viu os miúdos olhos claros. E então deu um sorriso porque imediatamente se deixou refletir na claridade de sua pele. Dona Lilá, além das paredes, sempre gostou de rapazes muito brancos, quase rosados, de uma cor limítrofe entre o aspecto pálido incógnito e a aparência saudável de um belo espécime masculino.

O tempo passa, meu filho, mas as coisas não mudam, não podem mudar. Como o bom gosto das mulheres de nossa família. Silvinha, por exemplo, jamais me apresentou a um rapaz feio. Que é isso, vó? Então, um amigo meu, ah, um novo amigo vem à nossa casa pela primeira vez e você insinua que o clima aqui é de multiplicação dos pães, o que é que ele vai pensar? Que fazemos milagres, Silvinha. Liga não, Otávio, tudo isso tem a ver com a idade.

Sílvia começou a murmurar de novo.

O prazer que Otávio experimentava com a presença dela o fez levantar o queixo para respirar. Encolheu a barriga e olhou a ponta da bengala bater nas quinas dos móveis como se a limitação de dona Lilá fosse a da vista. Tudo o que faltava era simplicidade. Em gestos e sons. Tudo de uma naturalidade espetaculosa. Até a decoração parecia fazer parte dos habitantes da casa. Para quem quisesse descansar o braço no ombro do sofá, achavam-se ali acomodadas aquelas toalhas em círculo, confeccionadas com a precisão de agulhas que se enganchan aos novelos de linha dispostos nos colos de todas as avós de outros tempos. Davam a sensação de aspereza. Otávio ficou pensando se a intenção de ombrear com os panos o sofá não seria a de fazer cócegas nos pelos de todos os homens que acaso se atrevessem. Pássaros e flores tapetavam o chão, nas cores vinho, amarela e laranja, berrando de um fundo areia. Esse tapete, ao deslizar os sapatos, Otávio notou, não era felpudo, mas encorpado, capaz de sustentar as pernas da mesa de centro, nem grossas nem finas, de uma madeira bronzeada, cujo tampo, já tinha visto, era de mármore, e a terminação, percebeu agora, espezinhava a alegoria carnavalesca. Aconteceu então que Dona Lilá se afastou, de costas para a visita, para se dirigir à poltrona mais confortável do ambiente. Ele a observava, em especial o trote. Numa ação concatenada, os pés avançavam como se fossem elos de uma cadeia. Sob o solado de borracha daquilo que lhe pareceu uma mistura mal-acabada de chinelos e sandália, enxergou que havia preso um pedaço de papel higiênico, sendo arrastado, infeliz, coadjuvante. E lá foi Otávio, suspendendo gradativamente o olhar até se dar conta de que havia uma parte do vestido enfiada na calcinha, quer dizer, calçola, o que o fez imaginar, de imediato, logo uma meia dúzia destas, penduradas nos galhos de uma figueira como se fossem coadores gigantes de café.

Conversavam numa animação acolhedora, Dona Lilá e a neta.

Otávio, num atordoamento, entre tímido e dissimulado. Bem mais interessantes, os braços abertos da estátua através de uma das janelas azuis emolduradas.

Sílvia agora lagarteava na *chaise* reclamando de cansaço. De pernas semidobradas, sentada sobre um dos quadris, cotovelo fincado no encosto, uma das mãos alavancava a cabeça, os dedos da outra construíam cachos nos cabelos castanhos ainda molhados do banho. Otávio pode garantir que a indisposição é da noitada na casa da Flavinha, aquela, baixinha, gordinha... E apenas sorriu.

Enquanto conversavam, em sua direção vem a empregada, com dois filhotes labradores no colo.

Oh! Que temos aqui? Dona Lilá foi assim dizendo. Otávio achou que a voz soava hipócrita.

Oh! Que temos aqui? Ela redundou, voltando-se para os cãezinhos, cara a cara com eles, naquela bajulação que os adultos fazem aos bebês. Otávio não sabe como agir, o que pensar. Apenas lhe ocorreu o quanto aproveitaria se fossem três, cinco, um bando e uma bacia numa tarde de verão, na fazenda.

Uma das mãos de Dona Lilá apontava na direção dos filhotes, os dedos esticados puxavam aflitos os bichinhos à distância, e diziam, venham cá, meus amores; ela então os tomou das mãos da empregada, custando a fazê-los se aconchegar em seus braços. Isto, depois de se livrar da bengala, com a outra mão deixou-a descansar pendurada nas costas da poltrona.

Como se uma lentidão o tivesse invadido, Otávio ofegava. Aspirou uma presença, vinda de muito longe, um cheiro de bicho morto e podre. Ele não gosta de animais em casa.

As cadeiras da sala de jantar, ao fundo, pareciam convidá-lo para o café da manhã. Eram as únicas a compreenderem sua fome.

O carrilhão soou onze horas.

Sílvia atrasava o início da refeição porque, pelo menos aos domingos, não gosta do café da manhã. Prefere o *brunch*. Desde que decidira ser moderna e chique. Desde que chegara à conclusão de que seria preciso, agora que está perto dos trinta, diferenciar-se das moças daqui. Nesta cidade do interior, qualquer que seja o fazer das outras, Sílvia quer errar diferente. E na apreensão em acertar, ela tomara algumas medidas, como a de adotar o *brunch*. Muito mais que um hábito, torná-lo um momento iluminado do fim de semana era uma de suas metas. Conta nos dedos a quantidade de coisas que tem de organizar, todo sábado. Faz com que a casa passe por faxina rigorosa, não tem medo de trabalho doméstico, não; até auxilia as ajudantes na limpeza, só não permite que montem no ócio, exige dedicação, mas não explora ninguém. Até sobremesa é providenciada, mais de uma. Hoje serão servidos pudim de pão adormecido, no forno, em banho-maria, e manjar branco com calda de ameixas. Sílvia sabe cozinhar, só não gosta que a vejam de avental e o desamarra e o arranca num só gesto, jogando-o no armário embaixo da pia tão logo toquem a campainha. É que essa gente se mete na vida dos outros e adora saber o que se passa nas cozinhas, nas salas, nos quartos.

Sem encontrar motivos para o atraso, concluindo até mesmo ser o jejum um traço da família, um costume local, uma abstinência religiosa, sem encontrar a razão, Otávio examinava as cadeiras da sala de jantar.

O que vê, meu filho, é o nosso jardim de inverno. Falou Dona Lilá, achando que Otávio fitava a porta envidraçada atrás da mesa de refeições. Em seguida, encorajou-o a se levantar: É por aqui, vamos! Venha conhecê-lo! O quanto é agradável! Na verdade, nós o aproveitamos em todas as estações. E de repente largou o que tinha nas mãos, no colo dele, indo buscar a bengala, o que pareceu terrível porque seus pés estavam um pouco inchados.

Sílvia deu um pulo da *chaise*.

A tempo de agarrar um dos filhotes que despencava das pernas de Otávio e, pondo-o no sofá, voltar-se para salvar o outro, que o rapaz empunhava pelas axilas, como se não fosse inofensivo e precisasse ser imobilizado até que desmaiasse talvez golpeado por uma fatalidade.

Refeitos os três, cada um de sua tarefa, puseram-se então em fila e caminharam até que Otávio se posicionou à porta: *Ladies first!*

Minha nossa, como é cortês! Devolveu Dona Lilá, encantada. Meu caro, você me faz recordar o falecido, estava justamente me lembrando dele esta manhã. Fazia de tudo para merecer a atenção de uma dama, no caso, a minha admiração. Acho mesmo que era capaz de lutar em torneios, os mais sangrentos, e retornar esfolado, estropiado, maltrapilho, apenas para ganhar um afago. Como já lhe disse, o tempo passa, meu filho, mas as coisas não mudam, não podem mudar. As mulheres, por exemplo, continuam preferindo os galanteadores.

Bobagem como essa eu nunca tinha ouvido. Parece maluca, ele pensou. Me traz à lembrança alguém, quem ela me faz lembrar? Detestava o tom daquela voz. Diferente das outras pessoas da cidade, não engole as palavras ou subtrai o final das frases. Nem capricha nos esses. Mas tem a fala empolada e a pronúncia excessivamente correta como se declamasse (sempre num palco); e eu sendo obrigado a assistir (invariavelmente da plateia).

Sílvia disse para a avó ficar no banco, à sombra do caramanchão de bougainville. E puxou o amigo pelo braço subindo com ele o único degrau que rodeava o pequeno lago, falando-lhe baixinho: Liga não, Otávio, tudo isso tem a ver com a idade. Realmente, você disse que sua avó era briguenta, não que era viúva. Ela tem marido, seu bobo, meu avô está lá em cima, numa cama. Ainda que cochichassem, para que Dona Lilá não se aborrecesse, Sílvia achou conveniente subir o tom, ao descrever em pormenores os habitantes do tanque, as carpas, tilápias e até uma tartaruga, está vendo?

A velha encarava o rapaz, muito atentamente.

O falecido sempre se queixou de eu tê-lo deixado por quem tinha mais.

O que faltava ali era simplicidade.

O lago artificial, um tanto minúsculo para ser chamado assim, era maiúsculo o bastante para abrigar três ou quatro peixes, de mais de uma espécie. Quem olhasse distraidamente, como Otávio faz agora, diria que as caudas vão se esbarrando, nadando no espelho d'água. Mas não, não era verdade, repare como são espertos, como se guiam, nem se tocam. Ainda assim, encontram sentido no que fazem, veja você, que belo cardume, os nossos enfeites, Otávio. Sílvia correu a mão ao longo da superfície e todos desapareceram, estava escuro, embaixo das pedras cobertas de lodo. A pele dele sentiu um arrepio, só de pensar no jeito dela de correr os dedos. Além do espelho d'água e do banco, uma mesa e seis cadeiras de ferro retorcido, pintadas, alvas, e as jardineiras que se encostam ao muro cimentado, e os cacos de vidro: isso sim é resguardo; é como nos precavemos da espionagem invejosa da vizinhança. Do lado de lá, erguem-se outras casas, só esta aqui transformada em castelo. As paredes terminam por delimitar o que Dona Lilá nomeia de o Jardim das Delícias. Com a sensação de pisar num pátio, cafona, coroado pela réplica de uma tenda, como a das Arábias, Otávio admira a estrutura metálica revestida de tinta branca e a cobertura de vidro.

No banco, à sombra do caramanchão, as pernas sonolentas, cabeça inclinada, Dona Lilá olhava o casal.

Era a sua perdição, lá embaixo.

Minha o quê?

Lá embaixo.

Abaixo da terra, você quer dizer. Considero tudo isso enterrado.

Faltou foi mordomia lá, do contrário teria ficado, até estar bem velha como agora.

Pois a velha idiota aqui, ó, declara ao senhor meu esposo que não há galhada alguma em sua testa; nunca houve.

Perdição.

Que é que é isso, Arnaldo? Veja como você vomita essa coisa toda em cima de mim, seu pelancudo, sem-vergonha.

Faltou foi mordomia.

Shshshsh! Já chega! Está tarde. Vire pro canto e morra.

Ao recordar o diálogo desta madrugada, agora sentada no banco, à sombra do caramanchão, Lilá observa Otávio e Sílvia, não como um casal qualquer. Há algo ali que lembra o passado. Que a faz ter saudade. Que a torna hostil. Não pode vê-los conversando, à beira do tanque de carpas, sem evocar o falecido, ao perceber, talvez, o olhar de Otávio para Sílvia. Fica encabulada. Lilá vai fazer setenta e seis anos dentro de três meses. Desde que conheço Arnaldo, pensou, tenho me aproveitado muito desse seu talento para marido, pois nunca gostei, jamais compreendi que uma mulher pudesse viver estando casada. Não que o casamento deixasse de ser uma oportunidade. Meu propósito, como o de todas as outras, era o de ser feliz. Não o de cair em armadilhas. Nunca é só um sonho. Se pulasse, sobreviveria. Faltou audácia. Contudo, Lilá poderia censurar Arnaldo por fazer de conta que não soubera, tendo resolvido, recentemente apenas, abordar-lhe com desconfianças, sendo que lhe fizera acreditar a vida toda em sua virtuosidade como esposa. É claro que sempre achou que ela soubesse muito pouco ou não soubesse nada. Perfeita como mãe de família. Esteve de tal maneira mergulhada que se conformou com a máquina de lavar, quando o que queria mesmo era sexo sem filhos. Muito antes já pensávamos nisso, antes que incendiassem peças íntimas nas praças das cidades grandes tão longe daqui. Caso suspeitassem de nossos pensamentos, a verdade é que nenhuma de nós queria ficar mal-falada. Tínhamos sorte quando a condição permitia que terminássemos o curso de magistério. Tinham nos deixado chegar até ali. E ousávamos compartilhar caprichos com as colegas acerca dos tempos vizinhos. Antes que engrenássemos em sala de aula, o casamento vinha nos salvar, porque o trabalho era para as mulheres pobres; a infelicidade, para todas nós.

É por isso que Lilá não compara Sílvia e Otávio a um casal qualquer, não parecem ter talento para a amargura, ele não se mostra tão generoso como Arnaldo sempre foi. É bem possível que não sigam adiante.

Disse de repente:

A casa do falecido ficava lá embaixo, para os lados da estrada de ferro. Foram necessários muitos meses para que o visitasse. E ele ficava falando, falando, até eu me decidir.

Otávio e Sílvia não souberam o que dizer.

Lilá sorriu, constrangida, e continuou pensando, como distração.

Naquela noite, acabara de se aprontar para a procissão do enterro, sexta-feira-santa. Levaria entre os dedos, feito trança, uma relíquia, o terço abençoado pelo Papa, presente da Dininha, prima por parte de mamãe, insuportável de arrogante, tinha viajado para a Europa e trouxera a lembrancinha para nos jogar na cara sua ida ao Vaticano. Naquela noite, no fundo, estivera muito contente com o atraso de Arnaldo, esperançosa de que não aparecesse e não tivesse de acompanhar com ele o esquife, de mãos dadas com o noivo, na expectativa de que assim não se cumprisse a maldição dos namorados, juntos nesta hora, irremediavelmente unidos conforme maldizia o povo. Naquela noite, começara a procurar desculpas que daria a Arnaldo para o resto da vida.

Voltando de longe, Lilá levantou-se do banco:

Isso me faz sentir orgulhosa!

Isso o quê, vó?

Ora, Silvinha, convém explicar ao moço o que significam essas armas nas mãos de guerreiros entrincheirados, montados a cavalo, sendo palco de luta a praça de nossa Matriz.

Foi então que Sílvia tomou Otávio pelo braço e ele se achou próximo ao painel, imenso, retangular, como um quadro, preso ao muro. A cena, intensamente marrom, abriu-se aos olhos dele. Aqueles azulejos todos como se fossem pintura em porcelana.

Quem são esses soldados?

Ora, meu caro, não sei se são antônios, pedros, josés...

Enquanto ela discursava, ele via uns homens magros, borrando numa mesma tonalidade o branco sem brilho, atulhados na paisagem de bananeiras, detrás da pilha de sacos e da cerca de bambus.

Errado estaria, sim, meu filho, quem argumentasse que, por ser Jerônimo, não o toleraria se o descobrisse como se Fabrício fosse.

Ele agora via dois ou três vultos na pintura, posicionados na descida do esboço de uma rua de terra, tudo era marrom, alguém sentado num degrau, também de terra.

Compreenda, rapaz, é como se adormecêssemos e fôssemos transportados no tempo, como se estivéssemos agora na cozinha entre as mulheres desta casa, minhas netas, nossa Geralda e a filha Rílare; convenhamos, que diferença faz? É como se falássemos de Clara ou de Sílvia, nem uma nem outra será excluída dos afagos da avó. Não mesmo, porque, na verdade, se somos capazes de levar a vida fingindo que toleramos nossos conhecidos, nossos próprios amigos, nossos semelhantes, neste caso, portanto, bem mais conveniente julgarmos inimigos aqueles que desconhecemos, a ponto de serem nada, como dejetos, tanto os que não são daqui como os que nos abandonam.

Os olhos secos de Dona Lilá, Otávio viu que também eles não brilhavam. Metiam medo. Que domingo! Que primavera!

Então, para que nomeá-los, os soldados? São gente da nossa terra, isso basta.

E foi explicando, explicando que aquele fora o episódio mais cruento de toda a Revolução Liberal de 1842.

Bonito, não? O nome dessa guerra. E não adiantaram reforços da corte ou coisa que o valesse.

Ah, cansaço! Vontade de ir embora.

Dona Lilá tinha um jeito de quem detestava ser contrariada e Otávio sentia o desejo de agradá-la, um desejo remoto, não sabe de onde vinha, mas que mexia com ele, um desejo guardado.

Estes homens quiseram ser fortes. E conseguiram. Tanto que encurralaram as tropas do imperador.

A claridade do meio-dia começava a lhe arder.
Instintivamente Otávio resolveu encerrar o assunto:

E então, dona Lilá, fale-nos a respeito desses homens e de suas espingardas. A senhora diria que são gente do povo, o povo da cidade?

A velha se contraiu toda.

Pois fique sabendo, meu filho, nós temos berço.

E ela gesticulava agora para que sentassem, somente os dois, à sombra do caramanchão.

Devemos muito àqueles que nos precederam.

Ela tinha medo de quê?

Sempre fomos uma região fértil. Em ouro. Os Carijós eram calmos. Não se insurgiam, não. Abriram suas ocas aos bandeirantes. Até ficaram amigos deles. Ofereciam-se para ajudar na pesquisa da riqueza abundante. E cobravam barato. Contentavam-se com um copo de aguardente como salário.

Otávio sem abrir a boca.

Os portugueses entenderam. E o arraial passou a servir de paragem a quem quisesse jogar conversa fora, de cócoras, nas ocaras no centro das tabas, a quem viesse garimpar, aos mascates.

Otávio afastou a vista da pintura e se pôs a olhar o pátio ao redor, à sombra do caramanchão, esperou que Dona Lilá se dirigisse até o banco, vagarosamente, quando, enfim, sentaram-se. Ela tinha o corpo entregue àquela sombra. Fechou os olhos.

Mas e os seus subordinados, meu filho, os mineiros, conte-nos um pouco deles. São dóceis como os Carijós?

Dona Lilá sorria ao perguntar.

De olhos fechados.

Dócil? Não.

Ela é inteligente.

Clara é uma subordinada sim. Embora não se possa comprovar o que quer que seja mais anacrônico em Dona Lilá, a oralidade impetuosa ou o vocabulário arrogante. Clara é uma subordinada. Embora a tendência máxima dos manuais corporativos se julgue pelo conceito de trabalho em equipe; no império da dinâmica de grupo ninguém tem o direito de se sentir solitário. Clara é... Otávio lhe fizera o convite para voltar, um dia, por e-mail:

Por que você não vem pôr em prática essa sua pós-graduação em engenharia ambiental?

Ela admitiria, mais tarde, aquilo lhe seria oportuno no sentido de pagar sua dívida para com a natureza recompensando-a dos danos que a expansão de uma mineradora incondicionalmente causaria. Otávio, que não tinha consideração por essas coisas, apenas sorriu, satisfeito com a própria estupidez – e nenhuma fé.

Ele vê tudo isso acontecer de novo numa de suas paradas reflexivas noturnas, enquanto não dorme, não sabe por que, desde o dia em que viu sua infância de perto, a recordação de murmúrios que o confundem, ocultos debaixo de lençóis, viu seu passado ao conhecer Sílvia, ao aceitar o convite para uma passadinha em sua casa na manhã seguinte; olhares e risinhos, dedos inquietos, palavras misteriosas, fragmentos ilógicos, fora de espaço, e muito mais.

Até então, Otávio nunca soube quem foram os Carijós, menos ainda de sua fama de modestos e humildes; abnegados ao desenvolverem negócios com os bandeirantes em troca de cachaça. Além da abordagem capital-trabalho, existe uma atividade paralela à qual se dedica Dona Lilá: Você acha que algum dia vai se casar? Otávio, ainda perplexo, pensou não ter ouvido bem, mas a velha lhe repetiu: Considerou a hipótese, algum dia? E ele ficou com uma expressão de quem não acreditava na evidência do encalço, depois de retornarem para dentro, passando ao *brunch* de Sílvia, naquela primeira vez. Vai ficar para dormir? O quarto de hóspedes pode ser arrumado num minuto, problema algum, meu rapaz.

A primeira visita àquela casa. O Jardim das Delícias, o tanque de carpas, a mesa grande, as janelas azuis emolduradas, as guilhotinas abertas, a porta da frente trancada, as paredes brancas, os labradores, Geralda e sua filha, Rílare, as máscaras das pessoas.

Mas isso das mulheres, Rílare, é como já lhe disse, cuidado para não ficar senhora, como são senhoras as mulheres desse lugar. Gente conservadora, agarrada. Pensam que têm a capacidade de conduzir vidas, tanto no que se refere ao domínio de indecisões alheias quanto ao convencimento de sonhos que nem sequer foram sonhados, passando tudo por elas, essas mulheres.

Otávio falou sorrindo.

A faxineira o achou esquisito, e perguntou: Está doente? Uma demonstração de intimidade que estimulava o comportamento irritadiço dele, mesmo que reprimido, embora fosse necessário diluir suas ações num tom de certo modo irônico, pois a maneira como Rílare traduzia o contrato entre ambos punha em perigo qualquer profissionalismo que pudesse o patrão requerer; principalmente aos olhos de algum estranho. Por isso, era preciso se conter. Para agradar Sílvia, ele aceitou que ela tivesse vindo trabalhar em sua casa. Rílare é tão especial como qualquer moça do interior que vemos se lançar de cabeça baixa em roletas sociais, ignorando que não pertence a nenhuma mesa de jogo. Por isso mesmo, era preciso se conter. Mas Otávio não resiste e lhe diz, por brincadeira, cuidado para não ficar senhora, quando ela chegou para mais uma faxina, era seu dia, essa manhã, essa quinta-feira de março, ainda no verão. Dizendo isso, deu um sorriso de leve.

O dia começou mal.

Rílare chegou de banho tomado, com excelente humor,

como sempre, com a disposição de quem planejava abreviar as tarefas para sair mais cedo. Otávio, ao contrário, sentia-se agitado e uma dor de cabeça dava sinais de querer levá-lo para longe dali. Eram mais ou menos sete e meia. Pediu à faxineira que o chamasse dentro de uma hora, precisava de um cochilo antes de seguir para a *Mina*, deveria estar lá antes das dez. Ela subiu as escadas atrás dele, de coque na cabeça, uniforme branco e grená, Sílvia tinha exigido que ela usasse aquela roupa na casa de Otávio. Ele notara, ainda na cozinha, Rílare tinha o rosto vermelho ao redor da boca, como se aquele rubor tivesse sido fabricado, como que por atrito.

Otávio lhe deu passagem na porta do quarto; gostava que ela esticasse os lençóis antes que voltasse a se deitar:

Gosto de cama de hotel, hein, Rílare? Veja lá. Estica esse negócio.

Disfarçadamente, ele a observava.

Deliberadamente, a irritação dele se tornava óbvia para ela.

Já falou com seu colega, doutor Otávio?

Que pergunta! Como se fosse provável isso de trocarem confidências e ele soltar sem querer que nunca fora casado. Era urgente, antes de mais nada, prevenir-se de qualquer desorientação que um diálogo inesperado pudesse envolver. Identificou esta força como quem, durante toda a permanência nesta cidade, não fazia mais do que desprezar as circunstâncias. Era a sua maneira de ver as coisas. Ou a maneira mais fácil de repousar as dúvidas. Tentando ser convincente, resolveu investir em nova ironia: Engenheiros ainda são muito para você, Rílare. É melhor ir devagar. Começar pelo motorista de caminhão-fora-de-estrada. Ou pelo porteiro do condomínio. Tem aí o Demerval, conhece ele? Não. É um sujeito bem-humorado. Arranje um filho com ele que você desencalha de uma vez por todas.

A faxineira, que lutava para fechar uma das portas do armário entulhado de roupas, fez que sim com a cabeça. E Otávio se sentiu aliviado, temporariamente livre da insistência dela para ir a um motel com o Júlio, que chegara recentemente de uma mina no sul da Bahia assumindo a área operacional; frequentava a casa de Otávio por ser igualmente avulso. É claro que o amigo achara o assédio um despropósito, e preferiria qualquer outra, da turma de Sílvia, quem sabe. Rílare fora apresentada a Júlio por Otávio no dia em que saía da casa, ainda no jardim, ao final do expediente; pouco antes ela empunhava vassouras, o rodo, espanadores, o aspirador de pó, baldes e produtos de limpeza. Mas no instante em que lhe fora apresentada, Júlio percebeu certa irritação e viu que ela estava com pressa. Rílare sabia o que estava procurando, só não gostava de se atrasar; sabia que se continuasse neste ritmo, não concluiria o curso de Letras na *UNIPAC*, a faculdade possível; já tinha caminhado muito, mas faria vinte e sete no mês que vem e Silvinha e Clara estavam formadas havia tantos anos. Elas não eram a filha da empregada. Bem à sua direita, esperando Rílare se decidir pela portinhola que dava na calçada, Júlio constatou principalmente que ela tinha uns romances grossos no colo, que amassavam aqueles peitões. Desejava sinceramente que ela fosse uma das conquistas de Otávio. Confundira-se. Se não fosse ela, pensara Júlio, seria outra igual, mas diferente, a dura diferença entre sonho e realidade. Contudo seria melhor não arriscar.

Era por isso então, concluiu Otávio, a calma de Rílare não passava de convicção, ela não ia à igreja, como muitas outras do lugar, por causa de uma fantasia que a levava a viver conforme sua vontade, explicitando seus desejos, seus brinquedos, sem ao menos perceber o constrangimento da ousadia de sua parte. Confio nela, não sei por quê. No entanto, é uma confiança fingida que não sabe como lhe fornecer provas, como lhe fazer um elogio. Otávio sabe que gosta dela muito mais do que de outras pessoas daqui. No entanto, ele convive com essa admiração como se Rílare fosse um souvenir, a Torre Eiffel ou a Estátua da Liberdade, que a gente traz de viagens, posiciona-as na estante, passando a considerá-las invisíveis, na decoração do ambiente.

A abordagem capital-trabalho.

As afeições.

A primeira vez na casa de Sílvia.

Passou-se mais um dia, é novamente madrugada e Otávio retoma pouco a pouco suas memórias. O castelo, a princesa casadoira, a avó. Ali, no castelo, Otávio é como uma mercadoria, mas apenas um pouco, um pedaço de alguma coisa que se deve comprar ou vender, menos com o qual se possa trocar o que quer que seja. Ali, cheirava a mofo, o mofo dos lugares fechados, sem ventilação. Londres. Que estranho Otávio não sentir falta da vida em muitas minas ao redor do mundo e de sua permanência em Londres, na sede da companhia. Especialmente na Inglaterra, sobrava-lhe o trabalho e os amigos, uns poucos amigos igualmente globalizados, todos bem-sucedidos, poderosos, competitivos. No meio disso, contra o estresse, nada era tão eficaz como uma caçada aqui, outra festa lá, aproveitando que a Europa toda é tão interligada. As europeias eram interessantes, embora autossuficientes. Mas Otávio ficava cansado de estar só. A descontinuidade das lembranças esboça também o rosto de Clara, ou melhor, Clara inteira, nesta madrugada, véspera do fim de semana, já é sábado; como não durmo de noite, ficarei na cama até mais tarde.

Dócil? Não.

Clara é inteligente. E culta.

Otávio pôde adivinhá-la com tais qualidades, quando foram apresentados por amigos comuns no *The Porterhouse*, da *Covent Garden*. Era dezembro, há dois anos. O cobre tornava aconchegante o ambiente, em réguas dilatadas que emolduravam as paredes e a estrutura metálica, toda esta coberta de tinta acobreada, a sustentar os três andares. O metal cintilava não como uma luz, mas era ostensivo como uma energia. E num certo instante, um desses momentos-clichê, em que ela falava muito mais que ele... Clara perseguia os assuntos. E a *Duvel* era turva. Mais do que um brasileiro estivesse acostumado. Preenchia uma tulipa avantajada como uma tanajura. Aconteceu então de começarem a se olhar nos olhos. Otávio riu baixinho da aproximação que não havia, deixou escapar um vestígio de sorriso e de pensamento; pensou quase em voz alta, se alguma intimidade não lhe faria bem. Estava cada vez mais difícil se manter atento. Mas ela não se importava. Sem traduzir qualquer gesto de impaciência ou de surpresa, Clara passou a desembaraçar um emaranhado de colares do pescoço. Mais ou menos longos, os penduricalhos insistiam em cair embolados dentro do decote. Foi então que ela lhe contou, e ele nem ouviu – a bijuteria, as pontas dos dedos, o decote. Contou-lhe de uma entrevista que acabara de ler, de um intelectual, um velho, caquético, porém erudito; e perguntou a opinião de Otávio a respeito. Ele respondeu: Como? Ela tornou a perguntar o que ele achava da dúvida de que nem tudo o que se escreve é ficção, como o que se noticia não é totalmente verdade.

Metida, essa mulher!

Otávio se lembra dos detalhes do primeiro encontro não só porque decidiu, naquela noite, contratá-la quando surgisse um projeto, não tardaria a oportunidade em que pudessem trabalhar juntos. Mas também lembrou por conta da frase do velho. Pensando em como eram sempre muito divertidas desde o começo aquelas conversas e no quanto eram instigantes as armadilhas verbais mútuas. E não havia o que fazer, quando Clara ganhava, quase sempre, como naquela primeira vez em que, no momento seguinte, outras coisas já passavam pela cabeça de Otávio, ela esperou ele voltar de algum devaneio, para lhe dizer que concordava com a opinião do erudito, considerando-se, assim como as pessoas de sua cidade estavam interessadas somente na vida dos outros, fatos históricos, bíblicos, livros e jornais podiam ser vistos como uma espécie de fofoca paroquial, lidos conforme a conveniência de cada povo em cada tempo.

Clara é inteligente. E lúcida.

Entre ambos, sejam quais forem as possibilidades de ataque e contra-ataque, Otávio vibra. Adora também inverter os lugares ocupados às mesas em salas de reuniões, encontros só de chefes; em alguns dos quais, Clara marca posição. Assim como nas visitas de campo, as inspeções ao pé do Itabirito. Sozinhos os dois, ele abandona o posto de diretor, responsável pelo projeto que irá triplicar a produção de minério de ferro na região.

Você nunca pensou em voltar?

Já na primeira noite, no *pub*, em Londres, eles não eram o

engenheiro e a geóloga, mas Otávio e Clara, quando, em pé, ao lado do bar, contaram um ao outro histórias de ceias de Natal da infância e da adolescência, confissões banais, dessas que a gente se surpreende mentindo, na desenfreada competição social para ocultar qual de nossas famílias é a mais infeliz. Ao recordarem as festas de fim de ano, ela tinha parado de conversar havia mais ou menos um minuto, e contemplava o imenso relógio pendente da estrutura metálica acobreada, sonhando, ele não sabia com o quê, num desses silêncios escandalosos que teimam entre uma lembrança, quando não é mais passado, e uma interrupção, em que ainda não é futuro. Ele resolveu estalar os dedos só de brincadeira e, como num desmoronamento, ela lhe contou a história dos que se foram, um dia, e dos que ficaram, para sempre.

Quando chega a época do Natal, em sua cidade, no interior de Minas, os que se foram, um dia, desembarcam num fluxo contínuo, sozinhos, em grupo. Os pombos sabem dos veículos que se encostam às cabeceiras das plataformas no terminal rodoviário. Ciscam restos no cimento próximo às lanchonetes, nas bordas das lixeiras, empoleiram-se no cimo das paredes, nos vãos da cobertura. E são expulsos, um sem-fim, em revoada, sobressaltados pelo chiado dos freios dos ônibus, ao estacionarem. Logo retornam, porém, intrusos. Pendentes da imensa estrutura metálica que cobre a construção, os mostradores digitais dos relógios estão atentos ao silêncio das portas que se deslocam, e contam, um a um, os passos de quem desce os três degraus para pisar esse chão. Outros, dos que se foram, um dia, cruzam o viaduto sobre a ferrovia que divide a cidade, igualmente solitários, em seus carros, acompanhados. Como uma horda de filhos ausentes, ao chegarem à avenida principal, provocam um engarrafamento que não faz parte da vida.

Os que ficaram, para sempre, veem desfilar o cortejo com o ar professoral de quem recebe os que se foram tendo um mundo de ensinamentos para recordar. Como a alegria de uma gente, que está onde mora a família. Dizem respeito à perspicácia de pertencer ao presente com a excentricidade de caminhar em direção ao futuro, de costas, sem ninguém notar. Eles se revezarão nas honras da casa, contudo não trairão seus afazeres. O que os traz aqui? Muitos dos que ficaram se perguntam. Desocupados, habitam frestas, dias de folga.

Assim é.

Por anos enfileirados.

Os que se foram não chegam para rever as torres, a matriz e a praça, o colégio e o clube.

Clara voltou em dezembro.

Partira de Heathrow na antevéspera num voo com escala em Lisboa e conexão em São Paulo.

Ela viajava e eu estava no ônibus da *Viação Sandra* indo pra Belo Horizonte. Dona Lilá me pediu que fosse ajudar a recepcionar a neta, talvez ela não estivesse acostumada a carregar a própria bagagem e precisasse de uma dama de companhia.

Dentro de si mesma Clara não saíra ainda de Londres, embora vivesse os primeiros minutos do amanhecer junto à janela do quarto que lhe prepararam na casa da dindinha Marina. Seria melhor assim, viajar cerca de uma hora de carro apenas daqui a uns dois dias pra entrar em sua cidade um tanto sem ser notada, que ilusão!, terminando por regressar quase no dia de Natal.

Às vezes, no Natal, minha mãe contava a história de quando tinha conhecido meu pai. As pessoas que gostavam dela, incluindo Dona Lilá e seu Arnaldo, ficaram preocupadas porque meu pai bebia muito e não tinha onde cair morto. Essas eram histórias nas quais eu acreditava. E não era capaz de dizer às minhas amigas do colégio que um dia tive um pai. Na varanda da casa do Recanto, eu parava para olhar as meninas se divertindo por transformarem o vaso de imbé salpicando suas folhas com luzinhas pisca-pisca. No jardim, eu e as meninas víamos Dona Lilá se zangar com os canteiros, os retângulos de terra cercados de pedrinhas brancas onde ela mantinha os caixotes que serviam de sementeira para lírios, tulipas, bocas de leão, e para as azaleias, as preferidas de Clara. Dona Lilá plantava de um modo que ninguém fazia. Sílvia, a irmã e o pai, depois do acontecido com a mãe das meninas, costumavam ficar longamente olhando ela revolver a terra. E o genro dizia às filhas que o plantio daquele jeito não podia ser; ali não havia propriamente vontade, por isso as flores nem sempre vicejavam. Aposto que a avó de vocês espezinha as mudas logo ao brotarem; ele gostava de alertar as meninas. Fico pensando, hoje, se aquilo já não era a mania que tinha de confirmar a paternidade pregando mensagens. Sua avó, o pai continuava a discursar, sua avó parece não se importar com o intervalo entre esse negócio de cortar o caule, com cuidado, até a hora de as pétalas despencarem. Olhem pra mim, Clara, Silvinha, prestem atenção. O papai vai dizer uma coisa importante. Na verdade adubar é o que se faz a maior parte da vida, nos intervalos, é como se mede a distância entre a lisura de um terreno bem macio, aveludado, como o desse jardim, e a aspereza rústica do piso da varanda. Nesse ponto, a samambaia chorona leva sempre a melhor nesta casa, reparem vocês. Nesse ponto, defendia o pai, Dona Lilá usava de toda sua determinação para levantar o xaxim, carregá-lo suspenso até pendurá-lo no gancho que pendia da viga da varanda, onde as espirais se abrigariam, sombreadas, protegidas do sol e do vento. Embora não soubesse muito mais o que explicar às crianças, o pai, apesar de tudo o que tinha feito com a mãe das meninas, e ainda se esforçando para entretê-las, na verdade ele se admirava da escolha da velha, e só muito depois percebi, Dona Lilá e as samambaias se reconheciam bem, não gostavam de alteração de lugar, habituavam-se à luz, à temperatura e à umidade, podendo até mesmo definhar e morrer, sim, a avó e as plantas, caso alguém menos avisado as desaclimatasse.

As samambaias, as formigas e as nascentes são fonte de bondade e compaixão, tão diferente do variar das pessoas; o melhor que pode nos acontecer é nos transformarmos em nós mesmos. Não somos como a natureza. Estudei mais tarde por um livro que dizia isso. Era de Clara. Falando sozinha, como personagem de novela, ela ficava junto à janela da sala, repetindo essas frases, depois eu ia lá, no livro, e decorava tudo também. Não me sentia totalmente segura como a Clara, sempre pronta para travar qualquer briga, de tanto que declamava passeando pela casa.

Agora que voltou de Londres perto do Natal, Clara teria tanta coisa pra rever e se reconciliar. A servidão é só um dos veios da batalha. Algo que poderia muito bem estar escrito num daqueles livros. Não se deve investir contra a liberdade. Nem de gente, nem de planta, nem de bicho, do mar ou dos rios.

Chegando ao quarto de Clara, o quarto que haviam reservado pra ela na casa de dona Marina, eu sabia que tinha vindo pra oferecer meus serviços, que era pra ficar ao seu lado como se não estivesse ali. Depois de me receber de cabeça baixa porque procurava alguma coisa na carteira lotada de cartões de crédito, ela me abraçou e me pediu pra pegar o seu *Silent Spring*, de *Rachel L. Carson*, ainda na mala não totalmente desfeita no chão ao pé da cama. Peguei o livro e fiquei olhando enquanto ela folheava, devia ser mesmo gostosa aquela leitura. Quem sabe Clara debateria o tema com Otávio, quando finalmente, no início de janeiro, estivesse pronta a assumir o cargo. Deitada de bruços, o livro sobre o travesseiro, ela ainda resolveu dar uma olhada na edição do *The Guardian* que havia posto pra marcar as páginas e no qual continha uma resenha que dizia que *Rachel Carson* fora escolhida entre as pessoas que mais contribuíram para a defesa do planeta. Leu pra mim os comentários sobre o dossiê de denúncias, sobre o relatório e o poema; veja só, além de tudo, a pesquisadora poetava.

Essa leitura durou até a batida na porta e a entrada de dona Marina.

Aqui em Belo Horizonte, Clara chegou num tempo em que as pessoas de famílias como a dela escolhem vinhos, taças, aparelho de jantar, toalha para a mesa. Era o que faria a dindinha aquela manhã, separaria a de linho vermelho, e buscaria na doceira as compotas de figo e de pêssego. Dona Marina acabara de entrar de férias. Recesso do Judiciário. Filhos, marido, nora e genros. Netos que precisavam dela. Hoje já é dia 21. A dindinha pintaria o cabelo, as unhas, agendaria massagem, limpeza de pele e depilação. Ah, e faria caminhada. Clara, por que você não vem caminhar comigo esta manhã? É preciso aproveitar os hiatos do nosso dezembro chuvoso.

Clara me chamou pra ir com elas.

Eu achava dona Marina uma mulher interessante, sempre bem vestida.

Do alto, de onde está plantada a casa, Clara viu os arredores do bairro.

E soltou o ar pela boca.

A cidade despenca a partir do Belvedere. A paisagem não desaparece no horizonte. Encontra as torres de apartamentos. Bate nas montanhas. Longe, à direita, o pé da Serra do Curral, tombada, a preservar a tradição que tanto preservamos, disse, solene, dona Marina. E Clara se orgulhou, por que não? E viu a BR-040. E viu o Rio. E viu Brasília. E se viu de novo. Sem mar. Sem cerrado.

Eu ficava pra trás enquanto descíamos a rua, ouvindo a conversa quando as duas não se afastavam muito e, no caso de não poder ouvir, ficava pensando que estava atrasada no serviço de desfazer as malas de Clara, só me faltava essa, ter de acompanhar as digníssimas peruas àquele passeio de véspera de Natal.

Chegamos à Lagoa Seca.

Do redemoinho que se forma na circunferência da praça, Clara viu pessoas. A essa hora o lugar é frequentado mais por mulheres, uns poucos homens, que prestam contas de seu bem-estar físico. Diferente de bater perna no shopping mais tarde em busca de presentes ou do clima natalino, aqui ninguém olha para os lados, para trás. É urgente cumprir a meta cotidiana, o benefício de quilômetros percorridos em prol da longevidade. Jornada solitária, concentrada, ereta, coração que quase se arrebenta, pulmões repletos de gás carbônico da avenida congestionada.

Mas não pôde evitar o choque.

Assim que percebeu o cadarço do tênis desamarrado, Clara subitamente se abaixou para dar o nó, impedir o tombo, única manobra que não deveria ter feito, quase derrubou a dindinha; antes de desabar, dona Marina se apoiou na lixeira e caiu sentada num dos bancos de concreto. E Clara, agachada, dando o nó, foi atropelada pela mulher que não conseguiu frear o passo, e que emendou num xingatório!, gesticulando. Tocando com os gestos o nada. Cortando o ar. A mão direita. As costas da mão. Entre o polegar e o indicador. Aquela parte. Acima do punho. Nem tão volumosa. Macia. A letra "A" tatuada nesse pedaço. Não uma letra qualquer. Daquelas rebuscadas como os monogramas bordados nas peças de enxoval. Não pôde evitar o choque, a fisionomia, quando ergueu os olhos envergonhados porque tinha parado no meio da pista, em meio à dança, interrompido a festa, as tardes no barzinho da moda na Savassi, ou seria o baile de carnaval no *Clube Carijós*, um sorvete na *Iglu*?, aquela mulher teria uma patinete em 91, 92, lembra? Eu tinha patins de bota cano-alto. Seria Aninha? Não vejo ela há um tempão. Sou Clara. Desde a formatura da faculdade. E você, quem é?

Clara levou os dedos à boca. Aninha queria saber se a mulher à sua frente não se parecia com uma certa pessoa que ela conhece há muito, muito tempo. Sim, eu sou quem você está pensando. Então você se lembra de mim? Aninha, rindo: Que ideia! Não poderia esquecer, a minha confidente. Você se lembra de quando trocamos os biquínis no clube? Foi como se tivéssemos trocado nossas identidades. Clara pôs sua mão sobre a mão tatuada. Eu me lembro, sim, como assim, como pode, até hoje, a gente não ser amiga no *Facebook*? Aninha recuou o sorriso. Não ao ponto de impedir que dona Marina, já de pé ao lado das duas, sem se mexer nem dizer palavra, estática, pudesse apenas reparar nos dentes, principalmente os do meio, inferiores e superiores, escurecidos, e também achasse o maxilar fundo, as bochechas murchas, de quem vivera o prazer até as últimas consequências.

Clara tremia. Ana, arrepiada. Esse espairecimento se prolongou por uns segundos felizes até que... Pra mim, a vida não tem sido fácil, disse Aninha. Clara pôde perceber a voz, oscilante. Mamãe faleceu ano passado. Meus sentimentos! E Clara se esforçava pra não perceber a amargura de sua expressão. Eu sinto muito! Este dia a dia tão louco. Não se sabe mais de ninguém. Se ainda posso lembrar, quando viemos juntas do interior, sua família vivia, vocês ainda moram no São Lucas? Foram para Contagem. E Aninha baixou os olhos. Depois da aposentadoria, não sobrou pro aluguel. Por não terem se encontrado mais, Clara não sabia que Aninha estava morando em Brasília. Vim visitá-los. Passar as festas com eles. Papai está tão fraquinho! Clara interrompeu o silêncio que se seguiu: E o que você faz aqui, por estes lados? Sei lá, acho que estou meio perdida. Saí de casa bem cedo. Na verdade, pode parecer absurdo, eu quis fazer compras no *BH Shopping*. Como antes. Peguei o anel rodoviário, levei um susto quando avistei o Belvedere, como se desenvolveu essa parte da cidade, não? Deliberadamente, dona Marina invadiu a conversa para mostrar, no ponto mais alto do bairro, sua casa, a última daquela rua, está vendo? Clara e Aninha desviaram os olhos pra ver. Temos uma vista ma-ra-vi-lho-sa! Construímos uma casa tão aconchegante! Gustavo faz questão de conforto, tecnologia. Como o lote é grande, temos um quintal, acho importante, e uma enorme mesa, numa cozinha junto à piscina, onde abrigamos todos os parentes, nós adoramos receber, juntar a família. É curioso como a casa parece um ímã. Os mais chegados são naturalmente bem-vindos.

Uma pequena onda de vento, imprevista em dezembro, foi e voltou, passando pelas quatro mulheres, deixando uma ondulação entre elas. Talvez fosse melhor irmos até lá, tomamos um café, Clara, Rílare e eu viemos caminhando, você nos dá uma carona, o que acha? E como não obteve resposta, Marina continuou: Podemos aproveitar, você conhece meus netos, tenho um casal de netinhos, lindos, eles passam o dia lá em casa enquanto a Júlia trabalha, tem a babá, é claro, mas o ambiente da casa da avó é fundamental para a tranquilidade deles e da Júlia. Vamos? A gente brinca um pouco com os dois, estão encantados com a árvore de Natal imensa na sala. Brincamos com eles, tomamos um café. E vocês matam a saudade.

Foi então que os olhos de Aninha e Clara se reencontraram novamente. Clara viu um ar de tristeza em Aninha que a irritava. A amiga viu alguma felicidade em Clara que aguçava sua desconfiança. Devagar, andamos em direção ao carro. Você se lembra da Maura? Era ótima em Português, experimentou Aninha. Vocês se encontram?, devolveu Clara. É jornalista. Também mora em Brasília. E achei que estava bonita quando a vi há uns nove meses. Fui reencontrá-la justamente aqui. Os pais, uma dessas coincidências, moram na mesma rua que os meus parentes, lá em

Contagem. Nós nos encontramos na padaria uma manhã, acho que foi na Páscoa. Você parece feliz, Aninha. Apesar de sua mãe. E da saúde de seu pai. É, tudo se ajeita. Feito os mais velhos diziam quando a gente era pequena.

Bebendo o café, no sofá da sala, a sala ampla de dona Marina, o sol das dez horas entrou pela porta de correr envidraçada, atingiu a árvore de Natal, os enfeites tom sobre tom, do laranja ao dourado, brilhavam sob a luz do dia. Os netos, realmente lindos, corriam pela sala, escapuliam da avó, fugiam para a piscina, reapareciam do nada, não permitiram ser apresentados a Aninha. Essas crianças de hoje!, observou Marina. Têm uma energia!, aliviou a amiga de Clara. Tanto que, ventando pela sala, quando passavam, roçavam contra os móveis. Seria preciso trocar a árvore de lugar, pensou Aninha. Para que tudo isso pudesse enfim ficar mais confortável. Mas eles não pararam. Exibidos. Faziam balançar as bolas, o Papai Noel comprado em Nova York antes da banalização (os chineses), ameaçando demolir o presépio. Em uma das vezes que cruzaram a árvore, um deles, não deu pra ver, foi muito rápido, se o menino ou a menina, um deles puxou aquele enfeite, dos maiores, a bola grande que desceu junto com o galho, inclinado, indicando uma catástrofe a caminho. Foi tão inesperado, como acontecem as catástrofes, não deu para supor. Deixando de ser bola, no chão, espatifada, transformada em cacos, mil cacos de Natal. Foi num pulo que a babá passou a juntar o que restou, Aninha e Clara a vasculharem os dedinhos das crianças à procura de ferimentos, enquanto Marina, pela segunda vez no dia, caiu sentada, dessa vez cravando as unhas no tapete: Como? Justo aquele enfeite. Aquela bola de família, a mais bonita, herdada da avó, tão significativa! Como podia ser? Marina espumava. E não pôde evitar. Primeiro encontra a amizade nos rostos de Clara e Aninha. Agora perde uma relíquia. Sua ir-res-pon-sá-vel! Marina esbravejou para a babá. Você não sabe que isso não tem preço, não posso sequer descontar do seu salário, imbecil. Crianças! Vão fazer bagunça longe daqui. Ai! Você está me machucando! Lá fora. Longe da vovó, por favor. Vão. Vão...

Dona Marina estava também alaranjada. Sentiu o rosto arder. Buscou o leque, na mesa de canto, e passou a refrescar a nuca. Já em pé, virou-se para Aninha: Olhe. Que singelo o meu presépio! Quer rezar uma Ave Maria?

Hoje eu acordei depois de muitas noites em que dormimos juntos.

Entre a primeira e esta aqui, passaram-se cinco semanas. Ao final da tarde, às quintas, nos sentamos em torno da mesa da cozinha e conversamos tomando café e comendo pipoca. Já pensei muito em questionar Otávio a respeito daquele único detalhe que me assombrava. Mas eu sabia bem que não tinha o direito de perguntar tudo. No entanto, por mais que eu quisesse não se apagava esta vontade de saber. É que nas vezes em que adormeci em sua cama, numa delas fui embora justo quando o interfone tocou, mas isso não importa agora, o fato curioso, a coisa mais estranha foi dar com ele olhando o teto, ainda noite, como se enxergasse um vulto que chegasse e lhe arrancasse as meias, como se usasse meias pra dormir.

Sim, o sono.

Por que é que Otávio não vai fazer outra coisa, como assistir ao Brasileiro ou a Libertadores, por exemplo. Mas não, ele cochila, insiste, procura com os olhos fechados, e o sono não vem; vejo que está cada vez mais raro ele dormir. Chuta lençol, puxa colcha, estica a perna, alavanca o edredon ao pé da cama. E fica assim, quieto, deitado. Não por sono. Vai experimentando o tédio. É um tédio ruidoso como se fosse um zumbido, isso ele me disse. Já chegou a pensar que delirava, isso também. A cabeça lateja e se incomoda com o ruído muito alto do caminhão de lixo, o arranque e as freadas, o motor girando em altíssima rotação, arrastando-se à velocidade de uma pessoa a caminhar pelas ruas do condomínio. Sobe e desce os pequenos quarteirões. Os roncos invadem com força o corpo de Otávio. Como gostaria de recusar a embriaguez dos remédios. Cada médico receita uma droga. Aconselham exercício físico, sugerem *personal* e nutricionista, falam da intercorrência natural da profissão, o cargo, nada mais que o maldito contrato que estava pra ser assinado. E o Rivotril, um calabouço. Às vezes tem febre. Como uma criança. Sente muito frio. Como um ancião. E tem de usar o pijama e se lamenta. Hoje, eu sei, pensa que está sozinho, uma solidão pleonástica como a de um menino; hoje, eu sei, nessas noites, talvez, Otávio estivesse querendo que a Sílvia viesse; ele a pediria que ficasse, já era hora. Mas ontem ela veio e certamente não quis ficar acordada, de novo, certamente disse a ele apenas que tinha vontade muito mais do que apenas de tocá-lo. Sílvia vem e nunca deixa aqui um vestido. Como Otávio gostaria que pensassem que ela mora aqui com ele. Mas Sílvia teme que as pessoas da cidade se voltem contra ela por causa de valores, condutas que defendem, a maneira como compreendem os relacionamentos, como se fossem uma linha, como se este traço delineasse a esperança de que ainda exista quem se apoie em disfarces, manias estúpidas de reputação. Nesse lugar, não somos capazes de traçar ziguezagues entre nós, ela diz.

Antigamente, muito antigamente, Otávio dormia. Penso que, quando criança, ele também inventasse histórias. O pai de Otávio não costumava buscá-lo na escola, não passeava com ele no parque, não brincava de luta feroz. Houve uma época em que passou a levá-lo a um lugar que só o pai podia compreender. O que existiria afinal nesse lugar? No caminho, era dia claro, sempre, sem saber o que existiria dentro do casarão e o que o pai pretendia ao levá-lo, Otávio falava baixo porque o pai começava a conversar com ele quase sussurrando, dentro do carro. Otávio o seguia com esta voz, não sei por que razão, ele não me disse. Era uma conversa que começava assim, baixinho.

Paiê, você gosta de Planeta dos Macacos?

O pai não responde.

Otávio continua a falar de filmes, desenhos animados.

Descalço, pálpebras pesadas, ele tenta dormir.

A partir do que me diz, tento entender sua aflição.

Não dorme bem.

Exausto, resolve descer as escadas.

O cansaço traz o risco de pensar em Clara.

O pudor de filha impediu que ela dissesse a verdade.

Ficou pensando no que a Rílare tinha dito, noutro dia, com uma aparente indiferença em torno daquilo que acabava de afirmar, assim, desviando a vista como quem não quer nada.

Pudor? Que palavra mais antiga, Rílare, mais fora de contexto, mulher. Dessa maneira você parece uma noviça falando que nem uma madre superiora. Pudor é qualquer coisa, quer saber, provinciana.

Caipira, o senhor ia dizendo.

Pudor. Otávio se sentia hostil àquela palavra. Enquanto tentava reinventá-la pra ver se a decifrava, seus pensamentos foram definitivamente para a tarde em que a Rílare chegou com essa: É que a Clara, doutor Otávio, ela é um pouco nervosa, meio desorientada, o senhor sabe. E Rílare contou mais ou menos como as coisas aconteceram: É que ela se envergonha do passado, o caso da mãe, o senhor sabe. A faxineira puxou assunto no dia em que ele entrou em casa mais cedo e logo ficou muito irritado porque ela tinha dobrado todas as camisetas dele, pendurado casacos e alinhado os ternos no armário. Difíceis são esses uniformes da Mina, mas prometo pro senhor que ainda vou dar um jeito nisto. Depois, a moça mudou de assunto, pareceu estar em dúvida se continuava ou se deixava de falar. Ia finalmente começando a dizer quando Otávio pediu que falasse baixo, não, quero dizer, apenas não grite, por favor, não estou gritando, doutor Otávio, imagina se eu ia gritar. Então fale com voz normal. E Otávio se achou de repente preso a uma história sobre a qual nada sabia, a um sentimento, sei lá, era como se fosse um entusiasmo. Mesmo sem conhecer detalhes, mal a Rílare tinha começado, ele a olhava, talvez porque ela houvesse mencionado qualquer coisa sobre o caso de uma criança sofrida, Otávio sempre teve inclinação por crianças abandonadas. Não imaginava aonde aquilo ia chegar, apenas gostaria de ouvir. Mesmo se sentindo vulnerável como um dependente químico pediu à faxineira que contasse mais.

Não pretendo sair por aí revelando o passado da família de

Clara sem ganhar nada em troca.

Foi o que Rílare teve a coragem de responder. E Otávio jamais mencionaria, nem muito depois, o quanto tinha achado idiota aquela situação, naquele dia, principalmente mais tarde, bem mais tarde, ali ele ainda não suspeitava, mas haveria de contar pra ela, só pra ela.

Não se sabe de onde vem esse negócio de passado. Esse tempo que era o do geladinho de uva, do *toddy* com bolachas no recreio. Tirando esses momentos, o passado incomoda. Sombras, silêncio, o colchão, o chão, a conversa, a fala, baixinha, enorme, o quarto todo roncando aqui dentro, o galinheiro todo ruflando as asas lá fora, tudo termina numa conclusão, que ninguém deixa de falar de infância, mesmo quem nunca foi. O som que chegava fazia parte do ronco, do ruflo, do estalo. Sem isso, a infância de Otávio teria sido outra coisa, e a infância de Clara, na melhor das hipóteses, fofoca de faxineira.

O que existiria afinal, nesse lugar? Otávio nunca me disse, tampouco do medo que sentiu; o pavor que a gente tem de se transformar em alguém como um personagem, não exatamente, mas parecido com um deles. Porque a história que tanto se quer contar começa com um cobertor que tapa mais ou menos o rosto, e pouca luz, nessa hora que escrevo; eternamente insatisfeita com o resultado do meu trabalho.

Contudo, não é preciso nada disso porque está claro que há, por parte de Rílare, apenas charme, um charme ocasional, como se fosse uma questão de estilo de quem sabe capitalizar uma confissão a seu favor.

Otávio se deitou na cama.

A faxineira então se aproximou começando a contar que o castelo parecia invisível, ela concorda com ele, aquela casa é como um castelo. E parecia impalpável, tão branco era o nevoeiro no amanhecer do dia em que Dona Margarida fora embora.

Otávio às vezes abre os olhos.

Chega o momento em que ele se lembra da vergonha de Clara: Minha mãe já morreu, meu pai se casou e mora noutra cidade. Desaparecida. E ninguém sequer denunciou. Na verdade, a mãe está sumida. Pelo menos para as filhas, que não conhecem seu endereço. Nunca receberam uma carta. Jamais puderam mandar *e-mail* ou conversar com ela nas redes sociais. A mãe desapareceu do alcance da família.

Otávio está tonto de cansaço, mas continua acordado. Ela passa a mão nos cabelos dele que ainda é capaz de se lembrar.

Feche os olhos.

Otávio aceita.

E Rílare conta tudo.

Ela era menina, tão menina que isso aconteceu antes que soubesse o que era certo, o que era errado. Estava deitada, havia algum tempo, de olhos abertos, sob um pesado cobertor de lã, quando ouviu as batidas no vidro. Adivinhou o rosto de Seu Arnaldo a pouca luz do amanhecer. Escancarou a cortina. Vai..., ele ordenou. Vai chamar sua mãe! Ele ordenou pela segunda vez quando ela leu seus lábios.

Ao abrir a porta da dependência que ficava atrás do castelo, Seu Arnaldo entrou sem dar explicações, não se dava explicações a uma filha de doméstica. E depois de se sentar na única cadeira que havia na sala onde era também o quarto de Rílare, já acomodado, ele começou a bufar, enquanto a menina foi trazer a mãe que ainda dormia.

Só hoje, Geralda. Disse Seu Arnaldo quando ela apareceu no limiar da porta. Só hoje a Lilá descobriu. Rílare podia sentir seu nervosismo. Hoje a Lilá descobriu e resolveu bater de frente com a Guida. Avisei que a gente nunca bate de frente com um filho. Mas ela passou do amor ao ódio num átimo. E Seu Arnaldo pediu a Geralda que conversasse um pouco com Dona Margarida para que se acalmasse. Depois ele se levantou, apertou o ombro da empregada, deu meia volta e saiu.

A mãe de Rílare chutou então a porta já fechada: Chega! Havia na porta um coração de gesso pintado de vermelho com os dizeres em branco: "Lar doce Lar". E foi com a filha que os cacos ficaram guardados, até recentemente, quando ela achou que era uma bobagem continuar entulhando o fundo da sapateira com aqueles pedaços embrulhados em folha de jornal. Naquele dia, porém, Geralda deu a mão à menina, as duas ajoelhadas juntando o coração, Rílare sentiu que a mãe era tão grande, ali, perto dela: não parecia uma criada, como dizia Dona Lilá. Não concordava com a atitude dos donos da casa a respeito de Dona Margarida, não se curvava só porque eles eram os patrões. Minha mãe encontrou sem dúvida a explicação mais certa para os acontecimentos: Me diga uma coisa, Rílare... E ela me abraçou: Existe na vida um único bem que faz com que a família seja vista como mal? A proteção de um ninho que se equilibra lá no alto, nos últimos galhos, ou a segurança dos muros que cercam um palácio?

A mãe de Rílare pôs a água pra ferver, dentro de um caneco de alumínio, ela sentia muito orgulho porque o deixava brilhante, areando-o com *Pasta Joia*. A água era pra fazer café no fogareiro em cima da pia a um canto da sala: Posso garantir, minha filha, que um ninho não é menos seguro que um palácio, e que nenhum graveto pode ajudar a fazer um ninho se esse pedaço de pau for carregado no bico por uma passarinha que não conhece o que é amor e que não sabe dar valor aos filhotes. Aquela foi a primeira vez que Rílare ouviu a mãe falar sobre pais, filhos, irmãos. A menina apenas ouviu e se calou, por mais que tivesse vontade de perguntar. Apenas escutava. Passava o tempo, às vezes um ano ou mais, Geralda retomava a conversa e Rílare ia crescendo e a mãe ia respondendo todas as questões.

Aquela primeira vez Rílare jamais esqueceu. Afinal de contas, ela já disse a Otávio, o castelo parecia invisível, tão branco era o nevoeiro. As crianças não sabiam nada do que estava acontecendo. Sílvia, Clara e muito menos Rílare não viram absolutamente nada da discussão entre Guida e Dona Lilá. Talvez sequer Seu Arnaldo ou o pai das meninas estivessem por perto quando mãe e filha começaram a brigar.

Fofoca? Rílare contou a ele tudo.

Agora Otávio se inclina sobre a mesinha de canto, na sala, e coloca a taça de vinho diante da lembrança da noite em que, ali mesmo, Clara e ele dividiram a garrafa do tinto que ela escolheu, ele insistiu no assunto da mãe dela, e Clara achou que fosse crueldade, mas cedeu: Minha mãe está viva. Nessa noite, ela se irritou com a surpresa fingida com que ele reagiu; certa de que Rílare já teria realizado o serviço e contado tudo. Mas o pudor de filha tinha impedido de dizer a ele a verdade. Ela sabia que seu pudor era ridículo. Que muitas mães abandonam seus filhos. Na rua, constatava muitas vezes que caçoavam dela por causa de suas bochechas que eram ainda maiores; felizmente as emoções se acalmam com o tempo. No colégio a provocavam porque era órfã de mãe viva. Ofendida, dessas a quem chamavam de gênio forte por não aceitar desaforo, o que lhe coubera o apelido de Pavio Curto, mas isso havia muito tempo, pois bem, Clara recebia as ofensas, repetidas com todas as variações possíveis, e se mantinha imóvel. E ainda era obrigada a ficar ouvindo aquelas pessoas que queriam explicações do porquê de sua vida ter mudado, permanecendo a mesma. Era obrigada por uma questão de decência, dizia vó Lilá: Mantenhamos o nariz para cima, em qualquer circunstância. E o vozeirão carinhoso de vô Arnaldo vinha abraçá-la quando ela chegava da escola: Os adultos são gente complicada, minha neta. Vovó havia dito: Gente vagabunda, alguns.

Ainda criança, Clara não tinha como saber o que aconteceu. Apenas a suspeita de que tudo se agravou quando se transferiram para a Casa do Recanto. Inventaria um jeito de ficar feliz, afinal morariam todos juntos, ela, Sílvia, a mãe, o pai, vó Lilá e vô Arnaldo. Nas primeiras tardes, após o almoço, as irmãs brincavam no jardim, enquanto as adultas cochichavam na varanda. Vovó dizia a mamãe o quanto era agradável a nova casa. E que deixasse de lado a tristeza por causa da mudança: Ora, Guida, você não tem motivos para ficar triste.

Na noite do vinho, não teria sido por insistência que Clara começou a contar da mãe para Otávio. Desde que voltou da Inglaterra vivia de olhos baixos. O que quer que converse com um ou com outro, em casa, no trabalho, nunca presta atenção totalmente no que dizem. Volta e meia, lá na memória, pedaços de pessoas, rostos, vozes, agarrada ao pescoço do pai, sentindo-se afogada, puxou-o para a sala. Clara viu a luz da varanda sendo acesa num amanhecer de nevoeiro muito intenso. Ela e Sílvia tinham ido se debruçar sobre duas enormes janelas, uma de cada lado da porta que foi bruscamente aberta. E logo que a mãe pisou o ladrilho da varanda, voltou-se e gritou: É por vocês que faço isso, meus amores. Clara ouviu a mãe berrar enquanto saía, há pouco mais de vinte anos. A menina tinha aceitado a justificativa, não sabe quanto à irmã, nunca comentaram o assunto. Apenas havia feito o que qualquer filho faria, tinha escutado aquilo como se fosse verdade, a mais óbvia. É grande a lista, supermercado, hortifrúti, farmácia, banco, padaria, são muitas as coisas que a mãe pode ter ido fazer ao sair de casa. Nenhuma delas, contudo, deveria fazer com que a situação se esticasse até o presente, até a noite do vinho.

Bem perto de Otávio, respirando junto com ele, vou contar a intimidade da família de Clara, e de Sílvia, não, não, principalmente a de Clara, ela jamais gostaria que se revelasse nada sobre ninguém de sua família. Sílvia, ao contrário, se protege postando fotos no *Instagram*, lendo não ficção e mantendo sentimentos congelados. À espreita. Porque Sílvia, ao contrário, não se esquece e, embora não deixe quase ninguém ver, isso acontece várias vezes, não se esquece de quando assassinaram a mãe. Não no corpo. Na alma. E do quanto ela teria vivido, como teria abafado a amargura, sussurrado suas forças e se arrastado durante anos, mesmo tendo a alma assassinada.

Até o amanhecer do dia em que foi embora.

De novo, lá na memória, o portão se abriu. Quando saiu da janela, Clara foi se agarrar ao Miúdo, o bassê das meninas, olhando as estantes que cobriam a sala, do teto ao chão, repletas de livros, o gosto e a personalidade da mãe expressos em cada capa. Depois, no quarto do casal, ainda podia ouvi-la dizer ao pai que preferia cinema. Pois eu, teatro. O marido gostava de contrariar. Mamãe realmente passava os finais de semana planejando a ida ao cinema. E, sob o abajur, a caixa de uma fita de vídeo, Clara a guarda consigo, ainda hoje, obsoleta, inútil; o papel, sob o plástico, enrugado, envelhecido, como se Meryl Streep o tivesse ensopado de tanto chorar.

Na noite do vinho, como se essas fossem apenas lembranças distantes, Clara voltou do passado para dar atenção ao que dizia Otávio. Que cara é essa? E ele perguntou: Clara? Oi. É por isso que você também se foi, um dia? Não! Não saí daqui em busca de um esconderijo cosmopolita, como gosta de dizer a vovó. Saí por causa do brilho dos lugares que queria conhecer. E me arrependi. Não! Não cheguei precisamente a me arrepender, mas penso que poderia ter adiado essa decisão por algum tempo, escolhi estupidamente a época menos oportuna, quando vovô caiu doente e vó Lilá, bem, a contrariedade que sentiu com a minha partida foi tanta que pensei que também ela não conseguiria se conservar forte.

Otávio se inclinou sobre a mesinha que os separava e acariciou o dedo mindinho dela, numa demonstração periférica: E então, é por isso que voltou?

Como é impressionante, ele pensa agora, irritado, enquanto vinha da sala de visitas para a sala de jantar. Será que não vou dormir nunca mais uma noite inteira? Impressionante como a perda de um lugar que ainda existe representaria o futuro. Logo que lhe fez o convite para voltar, Otávio tinha imaginado a ruga, na testa de Clara. Ele lhe disse no *e-mail*:

Venha me ajudar com as licenças ambientais!

Nessa madrugada, na sala de jantar, Otávio se depara com o relógio na parede da cozinha pela porta entreaberta: quinze para as duas.

Impressionante como essa mulher é teimosa.

Agora me vem com essa história de aquífero.

Retirou de dentro da cartela um comprimido.

Vinha sendo sempre assim.

Por fazerem festa até de madrugada, gatos, sapos e vizinhos incomodavam. Com um vozerio que não deixava ele dormir. Não conseguia e, na manhã seguinte, estava pior. Mais de uma vez, quando abria os olhos, a próxima etapa - levantar-se da cama - era pôr o rosto entre as mãos, sentindo pesarem as pernas, a cabeça, as costas e o pescoço. Na manhã seguinte e na outra e em mais uma. Sem saber conscientemente por que razão, começava a perceber com tristeza, assumir qualquer tarefa significava fazer as coisas de má vontade, uma melancolia cotidiana, como escovar os dentes, por exemplo, era como se fosse um encargo. Algumas reviravoltas operavam em silêncio. Otávio não era mais aquele. Não havia um lugar de onde partira toda a mudança, nem haveria um ao qual devesse chegar. Dia desses, semana passada, olhando o relógio, que susto!, já era hora de sair para a *Mina*, disparou a coçar a nuca; em quarenta minutos estariam lá os representantes da delegação chinesa. Noutra época, o fato de recepcionar o presidente do conselho de administração da empresa já era algo para se concluir honrado. Quanto ao encontro de hoje, portanto, devia se apressar, o quanto antes chegasse ao escritório, melhor. Devia, embora fosse coisa para a qual se achava mais incompetente nos últimos meses, embora tivesse vivido com pressa desde que deixara São Paulo, os feriados em Ourinhos, a casa dos pais. Ao fazer a barba, viu que pensava de novo em Clara, sempre ela no espelho. Como essa mulher é teimosa. Agora me vem com essa história de aquífero. Agora me ameaça, como se fosse pegar o primeiro ônibus, naquela plataforma, em meio aos pombos, depois o primeiro avião, e se mandar pra longe. Seria isso então? Perguntas não lhe serviam. Até o momento, pensava simplesmente que podia se permitir o luxo de dar ordens.

Não quero secar o aquífero, não é o caso.

Otávio gritou repudiando a própria imagem refletida, negando, negando...

O senhor exagera.

Rílare interrompeu a performance surgindo na porta do banheiro: Olá! Ele a olhou espantado: Quem te autorizou a entrar aqui quando eu estiver me arrumando? Ela mordeu os lábios como se temesse que tivesse morrido o assunto. Mas ele prosseguiu: A gente pensa que a água do planeta é esta que está aí, pra todo mundo ver. Sim, é, talvez, doutor Otávio, talvez seja o mais lógico pensarmos assim, desse jeito; por acaso, gostou do vestido?

E se calaram por um instante.

Porém o solo... Gostei, sim. Às vezes me esqueço de você sem aquele uniforme. E Otávio recomeçou a explicar: O solo é um filtro que funciona como uma fonte com a aparência da massa de um *brownie,* você me entende? Pode ser. E ela foi se sentando à ponta do bidê. Pode ser que eu lhe entenda, doutor Otávio, mas agora vamos deixar tudo isso de lado; vamos? Já está mais do que na hora de ir ou o senhor vai se atrasar para o seu compromisso; seria uma pena, aliás, já que não fala noutra coisa há semanas, eu é que sei o quanto tenho ouvido dessa lengalenga, imaginou a vergonha na frente dos gringos? Rílare resumiu a urgência da ocasião olhando o relógio de pulso, dez para as nove: Além do mais o senhor há de convir, culinária é um exemplo que nada tem a ver com esse assunto. Aquela interrupção o atravessou: Falando difícil, hein, Rílare? – *o senhor há de convir.* Ela queria mesmo falar complicado, mostrar a ele o que significava ter uma faxineira que fazia faculdade de Letras, mais do que isso, queria insinuar o infeliz conteúdo sexista da mutualidade estabelecida pelo patrão que escolheu *brownie* como quem escolhia macarronada; na opinião dele, ela tinha certeza, ambos eram itens do universo lexical feminino doméstico. Rílare insinuou tal coisa se levantando, para se agachar em seguida, e recolher a cueca, uma meia, a outra, e o pijama inexplicavelmente cheirando a suor; apanhou as peças que, nessa manhã, ajudavam a desenhar o piso de cerâmica do banheiro. Além do mais, digo eu, garota, pode ficar tranquila, ainda falta algum tempo pra minha reunião. Otávio, na verdade, estava tão cansado da mania que ela tinha de se achar inferior, estava tão de saco cheio que nem se zangou: Você acredita mesmo que eu esteja sendo suficientemente preconceituoso ou pode ter passado pela sua cabeça que é apenas de uma questão minha, isto de me lembrar de um bolo, assim, fatiado em cubos num tabuleiro sobre o fogão, quando penso em aquífero; hein, o que acha? Era difícil para Otávio descrever. E tinha mais, era até engraçado ter de se assumir um chocólatra tanto quanto Clara, embora ela resistisse preferindo confessar somente recaídas periódicas, cíclicas, como se acontecessem em alguns poucos dias do mês. Não quero secá-lo, Rílare, palavra, apenas gostaria que o aquífero nos deixasse em paz; nem eu nem a empresa estamos dispostos a aturar um atraso de tal magnitude para o início das operações. Queria, na verdade, que essa situação se transformasse em algo produtivo pra nós. Essa é a coisa mais importante da minha vida. Não foi pra isso que me contrataram? Ela quis responder, mas ele não deu chance: Numa mina, qualquer uma, muito cedo se aprende a liderar e a obedecer. Quase que automaticamente, por uma questão de sobrevivência, bem, quero dizer, então, Clara e eu, nós somos amigos, não sei por que ela está agindo como se não fôssemos.

Do que é que o senhor está falando, pelo amor de Deus, doutor Otávio?

Da espera que alguma coisa aconteça de acordo com o ganho ou a perda de tempo; estou falando dos estudos de impacto.

Sendo assim, sejamos honestos. Um ao lado do outro agora, em pé, ambos estavam virados para o espelho; e Rílare continuou: Não se trata de secar ou não o aquífero. Além de tudo, em tese, as pessoas que moram perto da *Mina* teriam o direito natural de influir no processo e, de novo, o senhor há de concordar comigo, quanto às reações dessas pessoas, ninguém poderá evitá-las; as mais variadas reações, doutor Otávio, elas virão em cadeia, o senhor pode se preparar.

Não se trata, não se trata, Rílare, direito ou não, assim que a Clara concluir os estudos de impacto, o jeito é contratar outra.

O senhor está exausto, isto sim, bastante esgotado, o senhor não me disse que está cansado de andar dando voltas pela casa, de madrugada em madrugada? Outro profissional, Rílare, o jeito é contratar alguém capaz de enxergar o óbvio, já que nos encontramos a céu aberto, outro que cobice, tanto quanto qualquer um, as hematitas, por cima a cobertura verde, a cobertura do bolo. Toda essa região, o mundo todo sabe, está cheia de minério de ferro.

Então, doutor Otávio, nesse caso, afinal de contas, quem é que vai decidir, quem é que vai proclamar o quê? O senhor, a Clara, a mineradora, a comunidade, a justiça, os chineses, quem? Cá entre nós, tudo é uma questão de se cumprirem os prazos. Otávio esteve prestes a contar que era uma questão de se ajeitarem as coisas, arranjarem-se as licenças, mas se calou. Apenas lembrou a Rílare de já ter trabalhado em outras minas, de ouro, manganês, bauxita, carvão.

Acompanhando o frasco de pós-barba que ele depositava sobre o granito da bancada, ela teve a sensação de que Otávio sacudia todo esse orgulho, esse poder, da boca pra fora. E todo aquele seu olhar pra ele fez Otávio rir muito, de repente, às gargalhadas, talvez pensando que, assim, podia se safar caso ela deixasse de encará-lo e escorregasse pra outro assunto. Mas não, mesmo nesse momento, de pouca liberdade pra ele, de muita mudança pra ela, Rílare continuou a ruminar que era um absurdo ele entornar metade da garrafa de conhaque como fez ontem. Conhaque simplesmente, não, Rílare; um *Courvoisier,* o preferido de Dickens, sabia? Preferido ou não, isso é uma loucura, ainda mais pra alguém que toma remédio controlado. Ele achou que ela estivesse bancando a histérica quando começou a esfregar as mãos enquanto ele não parava de rir, ela procurando intuitivamente os atalhos, falando cada vez mais depressa, em voz alta, mais alta do que de costume: Pense no que vou dizer, doutor Otávio... E berrou, ele devia se envergonhar dos lugares onde havia trabalhado: Verdadeiros interpostos de exigência que funcionam segundo forças incompreensíveis, ânsia, carne, sangue e, fique sabendo também, meu amigo, porque considero o senhor, hoje, um amigo, fique sabendo que acho esse seu ambiente um arranca-rabo generalizado; com o perdão da má palavra. Rílare ainda falava olhando pra ele, ora gesticulando, ora apoiada à porta do banheiro: Te digo isso porque venho de baixo, eu, que sonho tanto, doutor Otávio.

Discutiram sobre mineração durante algum tempo embora ele achasse que ela nada soubesse de mineração. Mas tinha uma coragem e uma cabeça que ele invejava. Era a primeira vez que conversavam sobre esse tipo de assunto, normalmente se prendiam a problemas práticos, o golpe da barriga para fisgar o porteiro Demerval que tinha inclusive comprado uma moto mês passado e ia acabar engravidando uma pistoleira qualquer, sem curso superior; conversavam ainda sobre o vaso sanitário entupido ou sobre velhas técnicas de análise de poemas para a prova da faculdade, decassílabos, redondilhas.

O que é que é isso, Rílare? O que é que você pretende botando moral desse jeito, mulher? E soltou uma risadinha, pensando que a família da mãe dela tinha vindo de Cocuruto, uma roça ali perto; uma risadinha no lugar da gargalhada, tirando proveito das rugas em torno dos olhos que ela achava um charme e que fez com que baixasse o rosto para que ele não notasse o fingimento dela frente ao sorriso mais delicioso do mundo.

Quer dizer então que, para o senhor, não existem princípios?

E todo o resto, tão ridículo como sempre, poderia ficar ainda pior. Para melhorar o que tinha se instalado ali, entre os dois mundos, Rílare lhe trouxe uma toalha de rosto nova, muito branca, enrijecida de cloro, grudenta de amaciante.

Ela se aproximou e perguntou se ele ganharia muito com isso. Ele respondeu que, pra continuar ganhando, era preciso que o IEF, sim, ele mesmo, o *Instituto Estadual de Florestas* autorizasse.

Nunca esqueci tudo que ele disse depois: Só então o pessoal do Meio Ambiente vai tomar as providências e contratar uma terceirizada pra fazer a supressão vegetal, os tratores vão desbravar as árvores, na verdade arbustos porque o solo já é pobre, rico em hematitas, nossa busca desenfreada por essa preciosidade, uma busca milenar, o que pode parecer intuitivo demais, paradoxal, o que nos consome. Clara parece não entender que este é o momento de racionalizar, e não adianta ela dizer que tudo faz parte do imediatismo mercadológico-masculino, porque nessa porcaria aqui, meu, vulgo cidade mediana, do interior de Minas, nem tão pacata assim, se fosse compará-la aos seios, daria pra encher a mão, o que não significa nada, sendo, digamos, detalhe de foro íntimo; alguns gostam, outros acham pouco. Então, num lugar como esse aqui, ninguém parece interessado em saber pra que um diretor de mineradora, ao tomar posse, sem direito a abraços e tapinhas nas costas, recebe um kit-Mané, um troço cafona, composto de *Pajero Full, BlackBerry smartphone* e caneta *Montblanc* devidamente gravada com o nome do agraciado. Instrumentos de trabalho, como são os EPIS. Querem sim, elas e eles, dar uma volta na praça, montados no sucesso do Mané em questão, confortavelmente instalados no banco de couro da máquina, que máquina? Um kit é mais do que suficiente para nos enquadrarmos, todos.

É evidente que existem princípios.

Hoje, tento interpretar por que pude continuar ouvindo aquilo.

É que a Clara cismou em insistir na legislação vigente. Como se Otávio estivesse regateando, para citar um verbo bem ao modelo "dona Lilá".

Agora mesmo, quase que sou capaz de ouvi-lo dizer: Cá entre nós, Rílare, essa gente ignorante que mora na região da Mina, povo de periferia, estou falando do princípio básico que, pra mim, repito, é o de nunca recusar o desenvolvimento; eles são bem capazes de virar as costas pra qualquer solução econômica mais pragmática que a gente venha a propor, qualquer uma que não tenha como objetivo emperrar o início do nosso trabalho.

Aquilo não podia estar acontecendo comigo.

Que não tenha como centro o bem-estar e a dignidade, não é, doutor Otávio?

Sim, muitos virão com insinuações de matança de espécies ou coisas do gênero, mas é bom que se diga, é incontestável, Rílare, que eu, Otávio Dias Vasconcellos, engenheiro de minas, responsável por esse empreendimento, jamais pretendi negociar com a legislação vigente, jamais permitiria ser autuado ou o que quer que seja.

Agora mesmo, quase que sou capaz de escrever que Otávio respeita e cumpre a lei.

Não poderia ser diferente, até porque o setor para o qual trabalha é um dos mais espionados do mundo, como se o mundo todo os espiasse, os mineiros, como se houvesse câmeras estrategicamente posicionadas nos confins das minas, as imagens transmitidas em rede, o cotidiano exposto em clima de *reality show*. Por que é que está cada vez mais difícil viver sem o olho de uma geringonça dessas? Como diria dona Maria Eugênia, mãe de Otávio: Pode ir, vai, não tem perigo, filho, haverá sempre alguém vigiando.

Por outro lado, sou capaz de imaginar que seria tão mais fácil se a Clara agisse de forma coerente e reconsiderasse, já que ele não considera aceitável, isso sim, em termos de prazo, a sugestão da especialista, a *water harvesting*.

Se quisesse, agora mesmo seria capaz de reconhecer que, se isso aconteceu com ele, poderia ter acontecido comigo.

Hoje, sou capaz de me lembrar da raiva de Otávio eclodindo naquela manhã, em frente ao espelho, os impulsos a romperem a casca, ele se deixando explodir. Essa eclosão, no entanto, seria quase secreta. Assunto confidencial, logo em seguida ao desabafo às paredes, porque tinha posto Rílare pra fora da suíte minutos antes, quando ela disse finalmente que ele devia vestir o terno risca-de-giz e a gravata azul-cobalto... Acorda, Rílare! Não se usa terno para ir à Mina. Nem pra receber os chineses?

Hoje, o que interessa escrever é que, a seguir, Otávio foi em direção ao vaso. Lá, pegou com as duas mãos o pênis, insistiu com ele, para que recuasse – a bexiga cheia –, para que baixasse e se deixasse esvaziar.

Ainda me lembro de cada palavra que ele disse: Que é que é isso, Otávio? A partir daqui, não ouvi mais nada. Que é que é isso, cara? Sinal de mau agouro: "mijar sentado".

Será que um dia vou me esquecer de como é esperar a faxina inteira pela vinda de Otávio? Ele, na Mina. Eu, na limpeza. As mãos ocupadas em lavar. Não, este não era o plano que eu tinha pra minha vida. Já disse algumas vezes. Este não era meu sonho, mesmo assim fui fazer faculdade de Letras. É estranho tentar compreender. É que a minha natureza é completamente diferente da natureza de Clara. A sigla dela é *IEF*, a minha é *PROUNI*.

Talvez sejam justificativas, estas que dou a mim mesma para continuar escrevendo. Mas também não era esse o sonho da minha mãe. Na casa de Dona Lilá, ela trabalha até pelo menos oito da noite, de segunda a sexta. Peço, senhor, arranca meu sofrimento. Trabalha até depois da hora em que a Sílvia chega do curso preparatório e, enquanto toma a sopa, minha mãe se senta para lhe fazer companhia e eu fico por ali, sapeando, ouvindo os elogios. Sílvia diz que minha mãe limpa tudo muito direitinho. E raciocina em voz alta: se eu não passar no concurso, vou alugar uma sala no edifício mais novo da cidade e você, Geralda, você vai faxinar, uma vez por semana, o escritório pra mim. Ouço a chatice de Sílvia e vou roendo as unhas e me vão sangrando os cantos das cutículas. Isso acaba com o meu esmalte.

Então, quais as vantagens de se buscar justificativas sempre no mesmo plano?

Muitas vezes vejo minha mãe rezar e chorar e dizer que está oca que nem a quaresmeira infestada de pragas, tão oca de angústia que não é capaz de atingir a floração. O serviço em casa de família dissolveu sua alegria. Consolá-la como, como vou saber? Mesmo porque, à medida que reclama, não deixa de se despedir de Sílvia, de manhã, à porta de casa, e de lhe trazer uma capa, quando chove, e de lhe oferecer um chocolate quente, na volta, quando o dia passa chovendo. É enorme sua afeição pelas meninas, pela mais nova e pela mais velha. Às vezes, eu escolho ficar mais amiga de uma, às vezes, de outra. Minha mãe se zanga, elas já sofreram muito, merecem atenção igual.

Todo aniversário da minha mãe, com o dinheiro que juntamos, fazemos um passeio ou uma pequena viagem. Não se pode dizer que as comemorações sejam lá essas coisas. Costumamos frequentar exposições agropecuárias. É o que dá. De vez em quando, ela pega umas costuras. Dona Lilá permite. Uma tarde, larguei a faxina na dona Zezé e resolvi que mataria aula, passei na loja *Singer* e levei pra casa, de táxi, uma máquina último tipo. À noite, depois das oito, minha mãe faz o que gosta, após servir a sopa de legumes que a Sílvia toma pra emagrecer, uma vez ela cismou que queria porque queria caldo de aspargos, como os alemães. Quando está fazendo calor, só uma saladinha, um nojo!, uma frescura. Por mim, ficava querendo.

Depois que conheceu o mar, minha mãe resolveu que saciaria minha vontade de visitar Paraty. Ficou tão empenhada em botar no ponto de prova o vestido da irmã da noiva do fim de semana seguinte, e nem escutou eu dizer que passaria o domingo todinho fora de casa. Também não entrei em pormenores, não revelei que estava indo passear com Otávio. Sílvia tinha ido encontrar uns amigos que chegaram de Belo Horizonte e Clara estava trancafiada no escritório trabalhando na liberação do aquífero, ela só pensa no aquífero. Otávio e eu fomos de *Pajero* lá para os lados do Boqueirão, descemos e caminhamos em meio aos eucaliptos. Ai, ai, ai, Rílare! Ela diria se soubesse. Ai, ai, ai, mãe! Já vem a senhora me espetando.

À medida que o tempo corre, aos trancos e barrancos, venho tentando, nos últimos anos, concluir o curso, na UNIPAC.

Acho que muitas aulas não vão me servir de nada.

Frequento e me divirto.

Depois, tem também a convicção que me foi crescendo, a certeza de algumas semelhanças minhas com as meninas.

Isto só me veio quando voltei a estudar.

No tempo do colégio, quando almoçávamos antes dos adultos, as três na cozinha, nesse tempo minha mãe me fazia comer o prato inteiro. Ela podia dizer o mesmo a Clara e Sílvia.

Raspem o prato! Mas não, ela dizia só pra mim. Era feijão batido com angu e ora-pro-nóbis. Se não era ora-pro-nóbis, ela servia couve rasgadinha. E dava carne às outras, carne de panela, hum, que delícia! Eu tinha de comer o bastante pra crescer e ficar forte. Acabei ficando inteligente. E não engordei. Tinha medo de engordar, mas estou em forma. Assim como Clara e Sílvia. Hoje, em parte, faço faxinas porque ainda não dou aulas. Hoje, já estou decidida a sair desse lugar. Continuo vivendo com minha mãe, as duas morando de favor, acho que mereço uma recompensa por tantos anos de serviços prestados.

Me encontrava nesse estado, pensando, se acaso não devia usar um pouco mais da minha inteligência no que estava construindo; me encontrava assim, quando cheguei à sala da casa do Recanto após uma hora de caminhada no Largo do Cristo. Segui o som de uma chiadeira, baixinho, nem tanto um ronco, era mais uma respiração acima do tom que emergia do sofá. Então eu pensei: Meus *insights*, meu narrar, são feitos da força dos sonhos que me trouxeram até aqui.

Não, esses não eram seus planos para a tarde de hoje. Nem foi porque soube pelo cheiro que um bolo de fubá estava no forno, mas Clara sentiu uma vontade absurda de ir ao encontro da avó na cozinha, ao menos para conversar um pouco, mesmo que isso possa resultar em silêncios, mais que em diálogo; mesmo que vó Lilá se mostre tão dispersa nos últimos tempos, sendo de todo inútil lhe pedir ajuda.

Clara precisa desabafar.

Deixou o sofá da sala onde adormecera após o almoço desse sábado. Enquanto cruzava a porta envidraçada em direção à cozinha dos fundos que fica atrás do Jardim das Delícias, Clara estava de cabeça baixa e distante, de modo que nem ouviu os insultos do Louro em sua gaiola, dirigidos a qualquer um que passasse. Atravessou o pátio, pisando o caminho de pedras São Tomé que a fez incluir, como rota, o tanque de carpas onde costumavam brincar (ela e Sílvia) de arremessar um estoque de pedrinhas quando eram meninas, tentando vencer a competição quem acertasse a cabeça de algum peixinho.

Como são cruéis as crianças.

Um aroma de bolinhos de chuva borbulhando no óleo quente afastou definitivamente suas lembranças.

Geralda está pondo a mesa para o lanche da tarde.

A nossa mesa é grande, ladeada de bancos duros. Já recebeu muitas visitas, quer dizer, só os mais íntimos, na verdade, os parentes. Hoje se acomodarão, em seu redor, apenas Clara e a avó que agora se revezam para lavar as mãos na pia de louça branca, uma concha embutida que brota da parede; pintados, os arabescos, as rosas, em azul-colonial. As janelas também são amplas e dá para ver lá fora quem foi que acabou de chegar. Sentados nas cadeiras de ferro retorcido, Otávio e Sílvia.

Como gostaria de protegê-lo, vovó.

Clara, meu bem, num dado momento todas nós sentimos esta premência. É deleite. De maneira especial, depois de crescidos, mais do que cuidar deles acalentamos o prazer em manuseá-los.

Dona Lilá tem os olhos cravados na neta como se quisesse seduzir, premonitória.

Sem dar pela coisa, a resposta:

Que ideia, vovó, não é nada disso. Que conversa sem nexo. Como cansa, viu? Sim, me cansa muito essa sua olhadela, assim, de lado, sem pé nem cabeça, estou aqui tentando explicar, estou falando de outro tipo de proteção, a senhora me entende? Não, evidentemente que não pode entender porque, de uns tempos pra cá, a senhora anda cada vez mais distraída. Não me dá a mínima. Vovó, me ouça, por favor, estou falando da perenidade.

Outras tarefas, além de estender a toalha; outras tarefas, como catar feijões na ponta oposta da mesa, fazem com que Geralda possa continuar escutando. Aonde chegariam com aquele convívio? Por isso ela pensa: ganho tão pouco para tanto que escuto. Pensa e debulha um riso mais ou menos contido, disposta a interferir a qualquer momento, só em caso de necessidade.

Dona Lilá segue verdascando:

Pois eu dou por muito bem empregada essa sua vigilância, Clara, essa sua preocupação em saber se estou ficando caduca. Não se preocupe não, meu amor, assim como você, também eu me refiro a uma linhagem sem começo nem fim. Pode deixar que sei muito bem do que estou falando, não perdi o juízo, muito pelo contrário, mas o que eu não suporto mesmo, minha filha, é a mania cientificista, fluida e contínua, que deram de usar ultimamente para traduzir a vida, ora.

Hã?! Já sei, vovó, já sei, a senhora vai dizer que a morte é suprema.

Clara deve estar admirada. E ela que julgava, apesar de tudo, conhecer um pouco Dona Lilá. A avó sempre foi adepta da guerra fria. Sempre achou que o inimigo é alguém que deve ser atacado das mais improváveis maneiras. Porém, desde que voltou, Clara tem perdido seu tempo contemplando esse verniz todo; para concluir, por fim, a velha está ficando louca de verdade. Altiva, apesar dos quase setenta e seis, vó Lilá se transformou numa figura estranha. Em seu passado, há um tal de um "falecido" a quem se refere com saudade: Que acha de levá-la uma noite dessas ao clube? Uma vez ele me perguntou. Este "ele" surge nas horas mais escandalosas, em meio a conversas com a família ou com estranhos. De modo geral, todos ficam chocados com vovó se remexendo em passos de dança pela sala ou mesmo caminhando como se desfilasse sendo levada pelo braço por um homem, desconhecido entre nós, conduzida pela cidade chuvosa (ela finge carregar uma sombrinha nessas horas), uma cidade íngreme conforme é a sua simulação de esforço, um lugar que poderia muito bem ser o nosso. Tão constrangedor. E ela sequer é capaz de perceber o que diz. As perguntas perturbadoras que faz. Rabuda em sua maluquice porque, caso tenha traído o vovô, nem se reprova por isso e, menos ainda, é possível notar qualquer alteração no relacionamento deles. Adoraria vê-la enlouquecer de vez, rasgar o vestido, despedaçar os poás, libertá-los desse fundo ocre; nele, contida a própria bizarrice por ela personificada.

Tudo bem, vovó. Concordo com você. Mas é que a vida vem sendo degradada todo dia, e a gente tem de agir rápido, por isso estou tentando falar daquilo que ocupa os vazios, os poros, por onde se passa de um lugar ao outro. Não do jorro ou da correnteza que faz os barcos caminharem menos vagarosamente. Refiro-me a uma massa líquida.

Não acredito em nada disso.

Sabe, esta massa, vovó, esta massa se assenta sobre a base que funciona como uma das margens, estando protegida sob o teto, este que é como se fosse a outra borda. Não como um rio, aos borbotões, e sim como um manancial, nas entranhas.

Ah, minha querida, um mesmo teto, a nossa casa, na nossa terra, marido e filhos. Tudo está entranhado. E não é porque a vida corre risco que a gente deva se arriscar a viver de outra maneira. É como sempre digo a Silvinha, as coisas não mudam, não podem mudar.

E ela acredita?

Veja bem, isso pouco me preocupa.

Clara deve estar cada vez mais espantada.

Teve breve alegria, um dia, há alguns anos, pela primeira vez em Surrey, aonde foi fazer o mestrado em Recursos Hídricos e Engenharia Ambiental. Breve porque, logo constatou, não haveria de encontrar por lá uma Geralda, jamais teria ali o mesmo que em casa, a boa vida, conforme buzinara em seus ouvidos vovó Lilá: Se quer ir embora – a velha puxava bem para trás os cabelos –, saiba que não terá com o que se regalar. Clara já tinha contado a Otávio como a avó mastigara os votos de felicidade, antes que lhe saíssem pela boca, no dia em que foi se despedir da neta ao portão, porque um motorista, contratado para o serviço, olha como estou sendo cuidadosa com você, Clara; um carro de aluguel a levaria ao Aeroporto de Confins. Contou a Otávio também, nas primeiras vezes em que visitara alguns apartamentos para alugar, em Londres, depois de ter concluído a especialização e deixado a moradia do campus, em Surrey, por essa época se adiantava nela uma angústia acerca do modo como aqueles lugares eram mobiliados, alguns não tinham mesas de jantar. Como os italianos, valorizamos essas horas paradas do dia. Otávio tinha comentado que, de sua parte, tentava assim explicar aos corretores, e olha que no seu caso as coisas foram bem mais fáceis havendo sempre o suporte da empresa. De qualquer maneira, nesses instantes surgia entre ambos uma espécie de identificação em torno do "morar fora"; mas, efetivamente, venciam as dificuldades de Clara; se pensar um pouco, talvez me compreenda, Otávio. Ela que, no início, não queria se desapegar, nem dos braços de Geralda, na hora de dormir ou de hidratar seus cabelos com a máscara de babosa, massageando o couro cabeludo e dizendo que não se achava receita caseira tão digna de força quanto aquela; nem do inútil peso que a avó emprestava à vida. Enfim tinha deixado sua cidade. À entrada do campus, logo que chegou, veio-lhe um frio nos ombros, e ela se lembrou de Geralda: Quando estiver sozinha, Clara, pense que ela vai te cobrir com o seu manto, vai sim, ela, Nossa Senhora.

A tudo assistia atônita no começo.

E põe na cabeça o gorro de crochê verde-abacate que Geralda enfiou escondido quando fez sua mala. Lembra, Geralda, daquele gorro? A empregada mal conseguia respirar de emoção porque a Clara guardou até hoje a surpresa tecida com tanto carinho. Pois este gorro aqui, vovó, este gorro era uma briga entre as meninas, todas o queriam emprestado, eu tinha ciúmes.

Também, essas moças. Não lhe disse, Clara, que aqui em casa você estaria muito melhor? Esse ambiente, essas pessoas, tanto duma parte como de todas as outras, se não são gente nossa, não se pode confiar. Não seja tão típica, vovó.

Uma mariposa marrom vem de fora e aterrissa na mesa grande. Que susto, esse zunido! Clara, num reflexo, recobriu o bolo de fubá com o pano de prato esquecido.

Pasma de tudo.

Nessas horas pensa em procurar um jeito de se safar e seguir mais uma vez para a Inglaterra. Porque os que se foram não devem voltar. São como um arroz de forno sem ervilhas. E não sentirão o sabor das férias ou do Natal. Quando retornam, têm de ter coragem para sair de novo, sem se despedirem. Em Londres, estando todas elas para se sentarem à mesa (as que dividiam o lugar), porque conseguiram enfim alugar uma casa com mesa e quatro cadeiras, graças àquele namorado-irlandês-fiador. Conseguiram. Estando, pois, assim, parecia que Clara as está vendo agora, muito nos divertíamos quando nos chegava o perfume da cebola e do alho refogados no preparo da nossa comida *over seasoned.* Essas orgias gastronômicas conjuntas pediam uma perfeita combinação de coxinhas, empadinhas, pães de queijo, pés-de-moleque, leitão a pururuca, lombo, angu, couve. Quer voltar para casa? Um dia, Otávio fez o convite. E ela deixaria de vagar por Surrey, Maidstone ou Londres em busca de opções insossas, tão diferentes das nossas especiarias, restaurantes que lotavam na hora do almoço – *Eat, La Costa, Starbucks, Caffè Nero, Pret a Manger* –, onde se comia com pressa, a língua opaca da falta de gosto das sopas, saladas, sanduíches e da *whole food*.

Clara ainda mais se espanta quando, depois de vó Lilá enxugar as mãos e o rosto na toalha de linho em gomas e acabamento de renda, pediu que a neta esticasse o pescoço e olhasse para fora, está vendo? Apontou com o dedo. Muitas vezes disse o que torno a dizer agora, que a maior parte das moças deixou de imaginar uma família; e se as outras pessoas lhes dão a entender que já se foi a época em que éramos felizes assim, porém, que esse tempo não existe mais, a mim, parece-me que qualquer energia acumulada será em vão; como muitas vezes se vê. Como essas mulheres experientes que se voltam com vigor e competência para o trabalho. Mulheres que pagam sua própria conta, vovó. Não, não pense que eu esteja querendo desmerecer aqui o esforço de ninguém, que é um erro muito grande diminuir o empenho de quem quer que seja. Apenas limito-me a pedir por elas a Nosso Senhor Jesus Cristo.

Lá fora, o monumento para onde Dona Lilá aponta o dedo.

Está próxima a Páscoa. Este ano, Clara, será realizada na Praça do Cristo, a missa da ressurreição. Vai ser uma beleza e poderemos acompanhá-la daqui, minha filha.

E porque Geralda está chamando para o lanche, elas se sentam à mesa grande da cozinha, puxando os enormes bancos duros, inteiriços. Até então escondidos, agora ladeiam o móvel, todo ele de uma solidez que mistura histórias contadas por gerações ao silêncio da madeira propriamente, de demolição, uma das tendências da decoração moderna, essas vontades impostas por Silvinha, às quais não nos custa nada acatar.

Saborosa e farta mesa. Desviaram-se tanto do assunto de Clara, que agora estão caladas. A neta brinca com um dos talheres sobre a toalha. Contenta-se, quieta, observando ressaltar-se na avó uma amargura, uma dor que escala sua personalidade desde o umbigo - a velha só tem olhos para o ponto fixo no centro da barriga - até a boca, levantando um voo brusco, voo de espírito intranquilo, como, aliás, amedronta.

Se a vida tornasse a ser.

Acorde, vovó. Cada vez mais desconcertada, Clara deve estar surpresa também da alegre desenvoltura com que Dona Lilá deu ultimamente pra dilatar um tema, caso seja de seu interesse, fazendo o assunto inchar para então incluir algo completamente diverso, desagradável, excessivo, como o soro do queijo Minas, posto num prato fundo à sua frente. Geralda, filha, faça-nos o favor de despejar um pouco do soro, que senão acaba entornando, não vai prestar. A cozinheira, esperta e invariavelmente satisfeita em suas funções, tratou de se ocupar daquele caldo, aquela gordura, um horror. E ainda querem nos convencer de que, entre os laticínios, este é um dos mais adequados às dietas. Não deve ser fácil viver enganado. Graças à opulência da avó, Clara parece que perdeu o apetite, mas vai ver se há uma maneira de fingir que está comendo, pois não se servir é o mesmo que melindrar a dona da casa. Se não tem fome, paciência, Clara. E, voltando-se para Geralda, torna a dar ordens, agora em silêncio, os olhos na empregada, nos farelos de pão que se atrevem sobre a toalha, de novo na empregada, até ela entender o recado. Ouvem-se, então, os saltos das sandálias de Sílvia, acompanhados de um murmúrio estranho na voz, como se reclamasse. Clara voltou a cabeça para trás e viu que a irmã tinha chorado.

O que mais incomodava era a magreza. A pesquisa instantânea prosseguiu e o que mais a incomoda agora são as órbitas dos olhos. E o resto. Não há resto. É duro ter de admitir tudo isso, mas é o que eu sinto, não há nada ali, nunca haverá; será que há algo de grave em seu corpo?

Clara sorriu para Sílvia ao avistá-la, que sorriu de volta.

Cumprimentam-se. Então, porque Sílvia se chegou mais, encostando o rosto, Clara sente um cheiro de bebida e viu, sob o vestido, que ela estava magra e barriguda.

Olá, vossa majestade! Como vai, vossa alteza?! O que faz a realeza desperdiçar uma tarde tão preciosa como essa?

Ainda catando feijões (Clara pensou, sabe-se lá o que é isso?), Geralda pressentiu dona Lilá encaixar o coice. Antes, a velha passou geleia na torrada, o barulho da crocância pela mastigação insistente. Trazia migalhas nos lábios:

Tenho que dizer de novo, detesto ironias, Silvinha. Está tudo bom demais. Não venha você estragar a suculência posta em nossa mesa.

Clara pensa que talvez possa restituir alguma clareza àquela conversação e tentou: Estávamos num ponto do nosso diálogo aqui, Sílvia, em que eu procurava refrescar as ideias da vovó, dando-lhe algumas noções a respeito do aquífero, deixando claro que Otávio é o homem mais digno que já vi. Por isso me espanta tanto vê-lo acuado pela diligência dos chineses e me encostando contra a montanha de estéril por causa de um possível atraso nas licenças ambientais em virtude do que classifica como gastos extraordinários imprevistos, embora eu saiba que esteja apenas preocupado com os prazos em função do minério que prometeu entregar. Tudo por conta da *water harvesting*, uma solução mais do que eficiente, apresentada por mim, é claro.

Só isso? Falou Sílvia, em voz baixa, sem erguer os olhos. E, prontamente, levantando a cabeça: Mas então por que o clima, minha gente? Como se alguém tivesse chamado a polícia!

Talvez o problema da falta de exatidão seja consequência de a temperatura estar subindo pelo excesso de assados e frituras.

Clara parece enjoada como se viajasse de balão. Mesmo assim, resolve tentar mais uma vez: É que a vovó insiste, Sílvia, vovó prefere dizer que tudo isso só pode ser verdade dentro da minha cabeça. Não, não, não, Clara. Apenas disse... Geralda, minha filha, tire essa mariposa nojenta da cozinha, por favor!...disse que o lugar onde você está na empresa não lhe permite defender posições, minha querida, a menos que pense em mudar de planos, e será demitida, tendo de arranjar um bom partido e constituir família.

Clara não pode ter mais nenhuma esperança. Cochichando, pediu socorro: Sílvia, eu queria tanto que vovó se sentisse menos ameaçada. Às vezes me incomoda o jeito dela teimar, como se sentenciasse a vida da gente. Vovó, que não nos ouça, fica contente vendo as nossas inquietações, você não acha? Acho bom que seja assim. Devolveu Sílvia, também falando baixinho. Ela se esforça pra acertar em tudo, Clara, em tudo; o que quer dizer que nunca faltará quem me aconselhe e me encaminhe no que devo fazer. Se não fosse vovó, tudo seria como um desarranjo, uma falta de sossego. Geralda, por favor, dê uma olhada na geladeira, veja se ainda sobrou daquele refresco de tangerina, você faria isso por mim?

Só resta resistir. Clara havia imaginado outra realidade para quando retornasse. Sonhado que ali haveria de permanecer. Tentava se readaptar, mas era como se afirmassem, tanto em casa como na Mina, dissessem que ela estava impondo ordens, uma nova movimentação de coisas. Por isso, resistir. Muito mais do que puxar as rédeas da família, freá-las, a irmã e a avó, de atitudes tão individualistas. Muito mais do que lutar contra a redução de oferta hídrica para uma comunidade. Da posição em que tinha se instalado, não só na empresa, muito além, era como se, daquele polígono interno, aflorasse uma briga muitíssimo anterior, como se dali, desse as mãos a todas as outras que vieram antes, desde então livres de palafréns, aprendendo a cavalgar com o poder das próprias coxas.

Que outro plano pode haver pra mim?

Um meio como outro qualquer, qual? A partir de certo ponto passei a perceber a força do suspense na vida. A prova disso é Otávio que definitivamente não consegue viver a realidade. Está sonhando há anos. Ainda há pouco, quando pensou que estivesse na hora do recreio, dedicando-se às coisas simples da existência, como namorar, por exemplo, ali, sentado nas cadeiras de ferro retorcido do Jardim das Delícias, foi num descuido que Sílvia e Otávio começaram a discutir. Não sei de nada exatamente, nem sempre estou lá pra ver, mas, até onde eu sei, imaginava que eles tivessem um relacionamento aberto, uma coisa tranquila, de casal, tudo na base da conversa, da confiança, imaginava que fosse assim.

Como nunca é possível se divertir além da conta, menos otimismo.

Lógico.

No pátio colado ao Jardim das Delícias, há o canil dos labradores. Na fazenda, quando chegava algum visitante, os cães eram amarrados às coleiras. Até o Pancho saltava desgovernado, coitado, pobre Pancho, as correntes davam a impressão que iam se rebentar. O latido em coro atravessava o pátio. Havia filas, pastores alemães, rottweilers, animais de criação, raças de fazenda.

No Jardim das Delícias, como alguém que reagisse ao odor de um assado no forno a lenha, Otávio parou para olhar em cima da mesa a carne estriada se deteriorando, a pele bronzeada, frita e sequinha, deixada de lado para aperitivo; parou para observar a cozinheira encarregada de pelar a galinha, untar a assadeira, espetar o bicho com aquele garfo e aquele facão, arrancar-lhe as sobrecoxas, era possível traçar com o dedo as linhas nas juntas onde os ossos encontrariam a lâmina, afiadíssima, era possível vê-la cortar fora o pescoço por uma boa causa, o molho pardo, ver aquele sangue todo, era possível, com alguma insistência, como numa dízima periódica, voltar; e perseguir a atmosfera da construção, o muro de dois metros e meio sobre o qual, não bastassem os cacos de vidro, Dona Lilá tinha mandado instalar a cerca elétrica, perseguir as roupas das pessoas que habitam esta casa, suas atitudes, seu mistério, sua passionalidade. Era a maneira mais digna de enfrentar o sofrimento como alguém simplesmente surpreso diante das saias.

De que é feito mesmo tudo isso – a beleza – de onde posso vê-la?

Agora vem a parte melhor.

Sílvia.

Como lidar com ela? Será que tem algum dilema ético? Não importa. A vida não é bem isso. Até se saber que não tinha sido assim. Não importa.

Afinal, penso em Sílvia como sendo dotada de uma tenacidade de camaleoa, dá pra imaginar suas várias insinuações, enquanto que, para Otávio, penso que ela seja aflita demais. Fica de ligar e não liga e ele fica sem saber o que pensar e o que dizer pra ela. Otávio desconhece muitas vezes sequer se terá alguma coisa para lhe dizer. De uma hora pra outra, não não, em instantes, Sílvia muda totalmente de humor vindo falar pra ele que tinha sido uma burra se comportando como hoje de manhãzinha, tinha sido grave, me perdoa, amor, aquilo que eu fiz?

E olha que Otávio tinha ficado tão animado quando tocou o celular.

Sabe ao menos me dizer se está chegando? Ou se demora?

Tinha ficado tão feliz que desligou o aparelho e saiu para o jardim da frente. Ficou lá, desde o telefonema.

Sílvia disse que queria se encontrar com ele, ainda madrugada. Otávio pensou: ela vai dizer que planeja passar a noite acordada aqui comigo.

Um bem-te-vi atravessou os galhos da quaresmeira, indo pousar na portinhola que vai dar na calçada, à luz do sol que amanhecia e com a qual Otávio se atrapalha.

Ficou por algum tempo a escutar o canto. Depois olhou a cerca viva de ciprestes anões e se sentiu mal como se estivesse num ambiente fechado. Levou a mão ao cabelo. Como um herói encarcerado (exagera), neste claustro, esfregou o rosto com as palmas das mãos percebendo a aspereza da barba.

Anda, Sílvia.

Ficou lá, como se fosse pura violência, pois era isso que o esperava encerrado num sufocante pesadelo que é o modo como tem vivido tomando uma coisa por outra, o verde por bonina, a bonina pelo azul, aguardando as luzes doidas, espelhadas, em rodopio, modificarem jogo e imagem.

O que queria mesmo era saber o que há lá dentro.

Anos depois, queria ter uma vida. Como um homem normal.

Otávio se lembrou de Clara.

Também quero me livrar desse automatismo.

Antes de prosseguir.

Ali, sentado na soleira, seus lábios chegaram a se mover como se fossem dizer mais alguma coisa, mas resolveu ficar calado. Baixou a cabeça, erguendo-a em seguida para explorar com os olhos os vários caminhos do condomínio. A casa de Otávio está além do entroncamento, à esquerda, entre a segunda e a terceira nesgas de asfalto, partindo da alameda principal. Uma rua sem saída, ele parou pra pensar. Dizendo ou pensando, o que vem a dar na mesma, porque está sozinho, seja lá como for, Otávio quase gritou: O que é que a Clara tem que a torna mais do que a Sílvia? Era isso que eu e Rílare conversávamos outro dia sem que quisesse falar sobre isso com Rílare. Será que o mais interessante é que ela não é namorada de ninguém, como se isso não fizesse parte? Age como se qualquer um pudesse se interessar por ela. Quanto a mim, sinto muito por vocês, mulheres. Sim, vocês todas, ancas e bundas. Olha, que bundas! São todas laterais, e posteriores, num só objeto. Sinto dizer a quem possa interessar, não estou apaixonado. O que é que querem que eu faça com isso? Sei lá, doutor Otávio. Respondera-lhe a faxineira. Apenas acho tudo muito romântico.

E Otávio ria.

Um acesso de riso. Levantou a cabeça, pra longe, na direção do início da rua, lá embaixo, franzindo as pálpebras pra não ser ofuscado e, momentaneamente cego, descuidou-se de seus pensamentos, para prestar atenção, era Sílvia, que vinha subindo. Apressada. Cabeça baixa. Finda a primeira quadra, ela parou pra ver se havia carro e, antes de atravessar, ergueu os braços e uniu as pontas dos dedos em pose de bailarina e deu um meio giro sobre o próprio corpo, Otávio só não pôde enxergar se ela estava na ponta dos pés. Mesmo sem enxergar direito, achou que ela remexia na bolsa. Ah, não, era só o que faltava! A pé? Não é possível. É muito longe. Sílvia subia. Não é possível. Vai acabar assaltada. Com pressa. Não é possível. Pensa que, porque é condomínio, é seguro. Olhos baixos. A bolsa agora a tiracolo. E as mãos fincadas nos bolsos. Quando, em seguida, ela as estendeu, e abriu os braços em cruz, andando pé ante pé, no meio-fio, como se fosse a corda, como se brincasse de equilibrista.

Estacou.

Otávio, surpreso, calou completamente o riso. Ela estacou como se estivesse exausta. Estacou a beira do canteiro de amores-perfeitos que servia de rotatória, quase em frente a casa dele. Então, um segundo após, estava estirada, estendida mesmo, de bruços, sobre os espinhos da coroa-de-cristo que abraçava o canteiro.

Como?

E nisso Otávio saiu correndo.

Seria esta uma daquelas excepcionalidades em que a pessoa fica fora de si e comete, sei lá, algum ato extremo?

Sílvia tinha os olhos abotoados.

Não vi nada. Não enxerguei o canteiro.

É possível que tenha bebido.

Ela garante que não.

E os dois se levantam, começam a andar em direção a casa dele.

Que história era aquela de uma turma grande, uns casais de amigos que teriam chegado de Belo Horizonte e que combinaram de se encontrar, lá no Boi Minas que fica no alto da avenida, sabe, quando se faz a curva, pra pegar o retorno, bem ali?...

Ele tinha absoluta certeza de que ela estava bêbada, pelo menos de vez em quando, Sílvia tomava umas vodkas, não eram caipirinhas não, puras, não deixavam vestígios, outras vezes, apreciava Alma Gêmea, Germana e até Pitú, ela entornava sim, de vez em quando, embora parecesse muito concentrada a maior parte do tempo. Não tinha jeito, ocorreu a Otávio que, na Idade Média, por muito menos, Sílvia teria sido exibida em praça pública, o povo todo enfezado, esbravejando, as ratas de sacristia, as carpideiras excitadas, Sílvia, certamente de família modesta e analfabeta, seria queimada viva.

Mais tarde, talvez fosse beatificada.

De qualquer forma, eu mesmo a ressuscitaria.

Ai, meu Deus! Ela começou a resmungar e a se atracar com ele. Os dois agora no sofá. Que vida, a minha! E o encurralou: Ao que parece vocês andaram se pegando, não sei se em Londres, não sei se aqui. A gente ficou sim. Vocês transaram? Não. Jura? Eu juro. Esse juramento, tudo isso é tão verdadeiro quanto acreditar que somos irmãs. Mas estou dizendo que eu juro. Jura mais uma coisa? O quê? Que me ama?

Como ele não respondeu, ela gritou: Ninguém acredita que somos irmãs. E quem outra coisa disser é porque não conhece Clara, não sabe que foi sempre tão pouco esperta, jamais tendo se comportado como se tivesse o meu sangue. Eu, a mimada por mamãe, embora vovó repetisse sempre que não esperava muito da caçula; Clara, a preterida. Evidentemente, escolher uma esposa entre mulheres de uma família, você não contava com isso, contava?

Sílvia se queixava como quem não possuísse um adversário, apenas em busca da dificuldade, mais do que de dominá-la. Quer beber um pouco? Ele ofereceu e ela achou que não devia. Mas você precisa de um café, ele insistiu. A namorada teve de se conter pra não dar com a bolsa na cara dele. Pensou melhor, uma Louis Vuitton, Otávio não merece algo tão exclusivo, uma obra de arte, talvez, o que interessa, sobretudo, é o estilo, teria dito Saint-Laurent. Tudo bem, nos vemos mais tarde. Passou as mãos nos olhos, deixando Otávio com a caneca estendida, subiu as escadas, foi se trancar no quarto.

Sinal de que estava bêbada, devia ter aceitado o café. Reconheço que não estou morto. Foi divertida a relação entre nós, ao menos no começo. E verdadeira, tanto quanto possível. Mas, como diria Clara, Sílvia não é como os pombos; intrusa, não precisa retornar. Isso a torna um tanto presunçosa. Esta suposição, Otávio já tinha feito, quando a conhecera, na pizzaria. Esta e outras hipóteses. Menos a inextricável. Aí está. Porque Clara e Sílvia são tão diferentes. Elas são mulheres, de todo modo, sendo isso um talento, incríveis, prudentes, estratégicas, persuasivas, determinadas, tão corajosas em esperar como em convencer, infernais e paradisíacas, trágicas, lamentáveis, um acontecimento alegre e impensado como a força do suspense na vida da gente. E não de outra maneira, são diferentes, umas das outras.

Com tudo isso, Otávio largou a caneca de café e começou a pescar copos, um prato e talheres usados, uma bolacha de papelão com restos de marguerita, a predileta de Sílvia. Ah! Parece que fui me metendo em coisas alheias, problemas de família. Sílvia veio, mas não a tempo de passar a noite aqui. Diz que não pode mais com tantos adiamentos. Que está cansada de ouvir as mesmas desculpas. Que pensava que chegaria o momento em que haveríamos de nos entender por completo. Me acusou de oferecer-lhe somente migalhas. E preferiu uns casais de amigos que teriam chegado de Belo Horizonte.

Otávio era capaz de arrancar as barbas, se estivessem crescidas o suficiente. Agora ela diz que assim não quer. Que não está tudo muito bem assim. Quem ela pensa que é?

Irmãs. Otávio até hoje às vezes duvida que sejam, embora isso não tenha a menor importância. Até hoje, fica sem compreender esse artifício.

Os engenheiros, na Mina, com frequência tripudiavam. Diziam-se surpresos da competência com a qual Otávio administrava um conflito nuclear daquela magnitude: Como alguém, que demonstrava tanta intimidade com o poder, teria igual talento para a sacanagem? Afinal, tratava-se de duas irmãs inseparáveis, comentavam os colegas. Otávio tentava argumentar, respondendo que não soubera de início, elas não eram tão inseparáveis como se dizia; a amizade que o ligava a Clara era muito forte. Até uma noite, quando, um tanto confusos, ao deixarem o bar, na praça, depois da quarta ou quinta "saideiras", ele achou que aquilo já tinha ido longe o bastante e que era o momento adequado de mandá-los todos à merda! Uma pena já que a noitada tinha sido boa. Mas seria o caso de se utilizar das prerrogativas do cargo. Não podia continuar bancando o cretino. Não tinham nada a ver com a vida dele, a de Clara, e muito menos com a de Sílvia. Os amigos aceitaram a reação de Otávio como um ultimato do diretor da Mina, como uma maneira de estabelecer que entre eles não haveria punhaladas quando o assunto fosse as mulheres, não poderia haver. Que os duelos, as brigas de sabres, que carecem de escudos, lorigas e elmos, deveriam se restringir à arena profissional. Restou então apenas uma desconfiança entre Otávio e seus amigos. Eram casados, os outros. Eram igualmente de fora. Otávio os trouxera para trabalharem juntos porque não toleraria uma equipe gerencial que lhe fosse estranha. Apertava a mão de um por um - proponho um brindo, seja bem-vindo! - quando chegavam oriundos de outros estados, países ou corporações. Mas eram casados. As bonitas esposas certamente os adoravam e os faziam felizes, o que era também conveniente para a mineradora que prezava o clima provinciano por excelência, uma espécie de gestão familiar como extensão da política empresarial, matéria de tese do pessoal de recursos humanos. Então, as boas mulheres, boas mães, esculpidas nos tornos das academias de ginástica por onde passavam acompanhando os maridos, essas companheiras zelosas se juravam nômades desde a inocência. Plenamente adaptadas, recebiam seus esposos à noite, em casa, e os enchiam de beijos e de perguntas. Otávio ia pouco a casa deles, por medo de atrapalhar. Recentemente, que estava namorando Sílvia, ia menos ainda, por receio de ser importunado pelas línguas dessas pessoas. O casal se sentia demais entre os outros casais que, ao contrário, viviam em confraria, isolados das famílias da cidade, pelo risco de contaminação de ambas as partes.

Otávio e Clara.

Sempre.

Sem razão nem evidência.

Os homens levam a culpa.

Otávio se lembra de cada palavra que lhe disse Sílvia, há pouco. Ela disse de novo que tinha vontade muito mais do que simplesmente de tocá-lo. Quem sabe, com isso, ia querer arrancar-lhe alguma confissão. Ele se recusava a aceitar o fato, cuja analogia com o passado, não sabia ainda, a ponto de não ter sido ele a descobrir outra coisa mais atraente, mais saliente, a qual poderia reaparecer aqui, neste lugar, o fato, envolvido num estranho caso de amor por algumas mulheres, o fato, que seria anunciado só mais tarde, apenas a Rílare, ele contaria sua história. E os olhos de Otávio, não, todo o seu corpo, desacreditado, desinteressado de suas próprias explorações telescópicas, escondido, esquecido naqueles pensamentos, tomado de um forte sentimento de culpa, droga!, será que a Sílvia foi convencida pela, como é que é mesmo o nome dela?, Dessas que guardam perfeitamente os preceitos familiares, como gosta de ostentar Dona Lilá, além de tudo é feia, guardam os preceitos e, por guardá-los, deixam de parecer o que são – esposas – sim, será que aquela avis rara casada com o Pedro, teria sido ela quem fez Sílvia juntar as peças? "Minha querida...", esta é a abordagem de que mais gostam. E seja o que for, falam para encobrir, infelizes, ludibriadas, aviltadas, loucas, não sou eu quem diz, é a opinião de Clara que já me contou às gargalhadas que essas mulheres desfiam a vida pessoal como se tratassem de negócios. Aquela avis rara, será que foi ela? Fala de puro despeito, inveja de Sílvia. Porque é com ela que eu durmo. Não, tudo bem, não tenho dormido ultimamente, mas também ninguém está sabendo, caso essa madame ignorante insista em marionetar minha namorada, ela que faça o que quiser, só com uma coisa quero castigá-la, deixá-la sem outra alternativa senão a mediocridade de sua vidinha besta, até que a morte a separe de seu destino, condenada a dormir com o marido para o resto da vida.

Otávio resolveu ele mesmo tomar um café. E ainda ficou um bom tempo, de pé, olhando o jardim da frente, através da vidraça, enquanto saboreava aquele momento, metendo o cacete na esposa do Pedro.

Para Otávio, penso que Sílvia seja aflita demais.

É incontável o número de vezes que ela tentou.

Mas havia um impedimento, quero você, a essa altura, um entrave, você, por favor, faço qualquer coisa, o quê?, qualquer coisa, aliás, não preciso de mais ninguém, o quê?, aquilo que se tornava responsável pela falta de vibração entre eles.

Hoje, Otávio não teve nem tempo de tomar café da manhã, o que pareceu a Rílare uma desfeita, pois fazia questão de servi-lhe meio papaia com coalhada, mel e granola, principalmente depois que o patrão da casa onde faxinava às terças caiu estirado e morto no chão do banheiro mediante hábitos regulares de almoçar torresmo, jantar chouriço e beber cachaça. Otávio saiu resmungando: O que nos matam são as pernas dos sapos que a gente engole e que ficam para fora, a nos entalarem. O que mata é amolação.

Neste caso importa o que se espera dele.

Líder, Otávio se encontrava o suficiente na berlinda para compreender as determinantes dos negócios. E a prudência em refugar quaisquer sentimentos. É incrível, mas é natural que se aguarde dele o equilíbrio, como o de quem faz malabares, pra dar conta de viabilizar a assinatura do contrato de milhões com os chineses, parceiros estratégicos naquele empreendimento; e, num contexto não necessariamente diverso, casar-se com Sílvia, a boneca quase balzaquiana, neta de dona Lilá, principal investidora deste projeto. Foi bem difícil, contudo sensato, embora tenha custado a aceitar, numa noite ele concluiu, depois de muito deliberar e sofrer, concluiu que o grau de engajamento faria parte do esforço de guerra, um duelo que coloria de claros-escuros aquela que era a sua vida agora. Haveria momentos de histeria, é provável, pela conquista destas alianças. Na cama, lutando para adormecer, por todo o lado, havia montes de pessoas nuas – ele recapitulava – que eram como se nada tivesse acontecido, todavia nada fosse dito de modo explícito, o modelo por trás do assédio, numa e noutra perspectiva, era similar.

Quando estava no aeroporto de Confins, dia desses, a caminho de Piracicaba para uma visita aos fornecedores *Caterpillar*, Otávio viu o Marco, velho amigo com quem trabalhara, havia uns quase cinco anos, em Porto de Trombetas no Pará. Foi Otávio quem convidou para um café antes do embarque quando conversaram sobre a época em que Marco garfava e traçava, não exatamente nessa ordem, as mulheres não tão bonitas assim, deixando sobrarem, ao parceiro, as que não eram feias de jeito nenhum. Otávio achava Marco um companheirão. Sujeito confiável. Várias façanhas para recordar. Por exemplo, o convívio que Otávio pôde estabelecer com alguns dos mais respeitáveis professores-doutores da Escola de Minas, da Universidade Federal de Ouro Preto, onde gostaria de ter estudado; muitas autoridades acadêmicas dali, medalhões de fama internacional, lhe foram apresentadas por Marco. O colega, é claro, tinha morado numa das lendárias repúblicas da cidade histórica para onde levara Otávio, certa vez, durante as comemorações doze de outubro. Ah, o doze. Os antigos estudantes voltam a Ouro Preto para beber e relembrar. Até hoje não se sabe como sobreviveram àquela vez.

Por coincidência, ambos viram suas carreiras mudarem de patamar, mais ou menos à mesma época, nos últimos meses, depois de rodarem muito, entregavam-se agora a uma rotina regrada de trabalho, uma incessante checagem de planilhas, mapas, gráficos, relatórios, anotação de dados em tabelas, criação e controle de indicadores de desempenho. Passaram a comandar não só a peonagem, mas supervisionavam os técnicos e todo o corpo de engenharia e geologia. Rastreavam as fragilidades das equipes e as próprias limitações. Viviam envoltos numa nuvem de tensão empunhando cada qual o seu crachá de diretor. Marco assumira a unidade de uma concorrente do setor, em Mariana.

"Não haveria mais almoço de graça", costumavam mastigar então essa sabedoria popular gasta e sem sabor. E por falar nisso... Disse o amigo de Otávio, a certa altura; foi a última coisa que disse antes de se dirigem aos respectivos portões de embarque.

Por falar nisso, o pessoal da empresa ofereceu um churrasco no domingo, este fim de semana, um almoço para uns poucos escolhidos, na verdade estava lá a cúpula da companhia. Sei, claro. Interpelou Otávio. Pois é, o seu diretor, seu chefe, o Armando, não é esse o nome dele? Pois é, ele compareceu, era um dos convidados. Sei, claro. Sim, estava ele lá, todo inchado!, aliás, meio metido à besta, ele, hein, Otávio?, pois então, o Armando estava comentando com a minha chefia que os chineses estão chegando com tudo, cara, chegando pra investir pesado na sua unidade, pô, eu pensei, que bom pro Otávio, que bom!, parabéns, cara, parabéns! Valeu, obrigado, bom te ver, boa viagem!

Líder, Otávio trabalhava com a exata proporção de que uma lança estava apontada contra a nuca.

E hoje ele não teve nem tempo de tomar café da manhã.

Da Granja das Hortênsias até a *Mina* a distância é de mais ou menos trinta quilômetros, sendo os últimos sete numa estrada lotada de buracos. Júlio, fiel escudeiro, e Canabrava, o outro engenheiro de produção, eles já estariam lá, com os chineses, quando Otávio chegasse. Era certo que Clara gostaria de estar presente. Ele não teria permitido.

A hipótese de que a delegação tivesse descido de helicóptero foi confirmada na primeira portaria pelo guarda responsável em serviço. Visivelmente perturbado, Joselito, era esse o nome na identificação posta à altura do peito do rapaz que, tão logo avistou a *Pajero* de Otávio, saiu da guarita e veio caminhando enquanto se erguia a cancela: Doutor, vou dizer pro senhor um negócio, não tem como dimensionar o grau exato de risco que esses chineses estão correndo. Mas por que, Joselito? Ora essa, doutor, ficamos aqui de mãos abanando, quer dizer, com as mãos cheias de crachás pra esses visitantes, os pares de botas, os capacetes, os coletes reflexivos, ah, e o vídeo de segurança, doutor, o vídeo estava no ponto pra eles assistirem.

Otávio se despediu e foi embora pensando na eficiência sinistra dos treinamentos. Já dentro do empreendimento, ele percorreria um longo trajeto antes de encontrar a delegação. Não sabia bem, uma adrenalina, talvez, ou um impulso, uma meia sensação de assalto e de abuso que podia dar-lhe de repente a medida do encurralamento, a percepção de um lampejo, talvez de algo muito distante, não sabia bem, mas todos os seus gestos, a partir de então, o acelerar e o reduzir, o respeitar a velocidade permitida, todas as suas ações, e ele não queria, tinha urgência, não, não tinha, a pressa era a coisa para a qual se achava mais incompetente nos últimos meses, não queria, mas trouxe para si a imagem de Clara. Numa tela. Uma imagem porosa e granular. Como a do aquífero que ela cultua. Um aquífero em Minas Gerais, ela enaltece. Como quem tenta salvar a caixa d'água de um país, é o que ela argumenta; como quem sonha ser possível continuar perenizando o Velho Chico.

Otávio se deparou com uma bifurcação no alto da serra. Tinha de ser pontual. Mas parou antes do acesso. Digressivo, atrasando-se, estático, como quem aguarda um elevador. Sem resposta. E não se deu conta de que jamais pudesse tomar outro caminho que não fosse o da *Cava* na área das operações de *Lavra* seguindo à direita pela estrada até encontrar mais uma portaria. Desta vez, o guarda, de pé, busto ereto e calcanhares unidos, ergueu o braço direito e, com a mão espalmada, tocou com as pontas dos dedos a extremidade direita da aba do capacete, abrindo prontamente a passagem, até com alguma impertinência, pensou Otávio; liberou a cancela.

Tinha pressa.

Assim como o tempo tinha fim.

Ao ultrapassar o obstáculo definitivo, houve uma pausa. Imediatamente, teve a certeza de que havia chegado. Parou o carro. Fechou os olhos. Foi aí que se revelou a exploração do minério. Quando abriu, teve para si outra paisagem. As árvores deram lugar à canga. A paisagem mineradora, imensa, à direita, até se perder no horizonte; de um lado, à esquerda, o estéril empilhado, sobra de montanhas erguidas por porções medonhas de jazida abaixo do teor de corte, que no momento não tinham uso, os caminhões fora de estrada remexem, carregam, transportam e despejam em manobras que se arriscam pelas bordas dos penhascos nas rotas traçadas com este fim. O tempo. É de uma aparência enevoada, longos meses. Barroco e rugoso, o relevo. Como só esta perspectiva pode ser. O que mais o desagrada nestes dias de nevoeiro denso é uma espécie de cegueira que esconde o Itabirito. O pico, de mais ou menos oitenta milhões de toneladas de hematitas, encontra-se entre outros agudos, além da mina; parece tão perto, encostado mesmo, em dias limpos de sol. Mas quando o nevoeiro se faz poderoso como hoje, o Itabirito é distante, através da neblina, indistinto, como o tornou o Patrimônio ao tombá-lo, impedindo que sejam gerados bilhões de dólares aos preços atuais. Uma vista com a qual Otávio convivia desde sempre e cuja convivência se apresentou instantaneamente impossível.

Não tinha mais nada.

Saltou da *Pajero*.

Cuspiu no chão.

E se espantou. O horror de quem julgou ter visto ruir a *Cava*, depois de perfurada e desmontada a rocha; viu inverter-se o beneficiamento, separação magnética, classificação, britagem, flotação, filtragem, processamento, concentração; assistiu misturarem o fino e o granulado; presenciou desmoronarem as pilhas de estéril; romper a barragem de disposição de rejeitos; paralisarem as estações de tratamento de água e de efluentes; vibrarem os bancos de quinze metros de altura, trincada a face pela força operadora da perfuratriz; por fim, emperrarem o carregamento, o transporte e o embarque. E não soube compreender. E tapou o rosto. E se limitou a olhar só mais uma vez as correias, os caminhões, as escavadeiras, um britador.

Contrastando com a ansiedade por que passava, a garoa crescida o afastou da *Mina* para reaproximá-lo da cobertura nos Jardins, da fazenda, do casarão, do castelo. A bruma mostrou-lhe Clara, cuja casa ficara revirada no dia em que dona Margarida foi embora. Naquela manhã o nevoeiro desenhou o próprio relevo, escondeu o Cristo, atravessou muro, portas e janelas, tornando perplexas as pessoas da família e surpresos os moradores da cidade, tão irreconhecível é a mãe que tem coragem de partir, diziam, nas calçadas, nas esquinas.

De pé, debruçado sobre a mãe, ela de cama, segurando-lhe os ombros para que talvez resistisse, quase antes do fim, há poucos meses, Maria Eugênia falou, você precisa vir mais, me ver mais. Eu virei. Quando, porém, Otávio olhou e viu, escorregadios, oleosos no travesseiro, os cabelos, em sua cabeça, esvoaçavam, para recordar o que ela tinha sido. Mãe, me dá um abraço? Dê o fora daqui. Saia. Pare de se comportar como vítima. Está sendo dramático. Saia. Tente apenas me ouvir, mãe, pra variar. Nunca mais quero ter notícias suas.

Quando Dona Lilá pergunta, você acha que algum dia vai se casar?, a velha, nascida e criada neste lugar, não está dizendo que conhece minha história e a história da minha família, não está declarando que sabe como eu passava os feriados em Ourinhos, como enfrentei o colégio depois daquela Páscoa. Não conhece meus segredos, minha visão de mundo.

Otávio não se lembra de ter sentido carência de exercer a paternidade, apenas vive entre um projeto e outro em minerações ao redor do mundo com a ambição de produzir ao máximo para os melhores clientes. É avesso a qualquer outra condição ou a toda pessoa para o resto da vida. Entediado, é um solteiro consciente irreversível, quase de meia-idade. O que é que isso quer dizer nos dias de hoje? Ironizou Clara, impiedosa, na primeira vez que o viu se vangloriando. Mesmo já sabendo que não adiantava pressionar, dona Lilá comentou com as netas, nesse dia, um jantar recente, comentou que o rapaz era arredio a compromissos, mas que devia tentar; tentar de verdade. Ele pensou em se levantar da mesa, aquilo lhe pareceu um inferno, levantar-se e deixá-la com o pires do cafezinho nas mãos, porém desistiu ao perceber Sílvia chegando de lado e se esfregando enquanto Clara proclamava, à cabeceira: Em se tratando de consciência, a ele falta a ecológica. Entediado. A porta da cozinha se entreabriu. De dentro, quase às escuras, os olhinhos de Rílare e Geralda, uns sobre os outros na pequena abertura que se formou.

Esta falta repentina de pressa (tinha certeza) era sono. Otávio permaneceu imóvel, o minério brilhando sob os retardatários raios da manhã. E passou a considerar claustrofóbica a ideia de tentar fechar um negócio quando se está sonolento. Não chegou a entrar em pânico, mas, por uma questão de empregabilidade, talvez fosse prudente estar alerta para o caso de ter de convencer os possíveis parceiros chineses de qualquer proposta.

Não se mede relações de afeto por dinheiro e poder, todos sabem. Além do mais poder não é coisa só de homem, há muito tempo. Foi Rílare quem me disse essas mentiras um dia desses, quando ousou dizer que eu estava particularmente agitado aquele dia. Você está me espiando de novo? Tanto é verdade essa coisa de poder nas mãos das mulheres, doutor Otávio, que o senhor contratou uma geóloga especializada em Engenharia Ambiental... E naquele instante, eu pensei, mandei um e-mail convidando-a para desembaraçar a legalização de um empreendimento de custo altíssimo e do qual sou líder, e que irá triplicar a capacidade da mina; será que não foi assim que ela entendeu que seria? Fechei-me com Rílare na sala para tentar explicar-lhe tudo, sentindo estranhamente que não fazia aquilo para pedir-lhe conselho. Contratei um profissional habilitado, um técnico, um especialista, não importa seu nome, não importa se são antônios, pedros, josés, como se referiu Dona Lilá a sua gente, quando estou pensando numa pessoa assim, não sei se é Sílvia, Rílare ou Clara. É Clara. Trabalhamos juntos há três meses mais ou menos. Ela é brilhante. Nunca vi ninguém administrar as coisas tão bem quanto ela. E se seguiu uma risada poderosa de Rílare. Refiro-me a Clara como uma grande amiga. Tem um instinto único, de quem se preocupa com a vida no planeta. Comparecemos juntos a todas as reuniões de projeto, discutimos prospecção geológica, perfuração de rocha, transformação da natureza. Suas atividades, no entanto, que permaneçam no anonimato, não se pode disputar com a hierarquia organizacional de uma empresa como quer agora. Pra que então pensar em minúcias, doutor Otávio? É que não cabe identificar um problema além das demandas legais e lutar para resolvê-lo como se fosse a profissional mais atenta e engajada do mundo. Clara é simplesmente uma pessoa sensível.

Esta falta repentina de pressa retardava o encontro com os investidores chineses.

Antes de dar as costas e voltar para o carro, Otávio sentiu cheiro de óleo diesel e de graxa. Ainda bem que havia a poeira vermelha, a impregnar-lhe a pele e fazer-lhe acreditar que tudo havia acontecido. Ao longo dos quatro ou cinco quilômetros que se seguiram até o *Escritório Central*, tentava esquecer. Ao chegar, saltou mais uma vez da *Pajero* para percorrer um alpendre comprido, um longo corredor, o prédio baixo, praticamente uma casa, em que havia muitas portas. Observou ali também o barrado poeirento que resiste à limpeza diária. Otávio avançava vencendo os setores, Geologia, Meio Ambiente, Topografia, Informática, Planejamento... Após seis meses neste lugar, após ter crescido em Ourinhos, tendo sido criado na fazenda, em fins de semana, feriados e nas férias, ter nascido e vivido na cidade mais urbana do Brasil, chegado a Londres e partido para a Libéria onde conhecera de perto homens que empunhavam fuzis. Lá eu não conseguia dar um passo adiante sem que fosse cercado por aqueles homens, jamais ficava à vontade sendo impossível tirar uma foto do lado de fora da caminhonete, temia ser capturado por aqueles homens; eles tinham mulheres que cuidavam da aparência no meio da rua cujos filhos, um bando de garotos para quem batíamos o pé e jogávamos um punhado de balas, saíam correndo como uma ninhada, espalhados pelo chão, terra batida, antes eles ciscavam lado a lado; os guias os tocavam aos berros e eles fugiam de nós. Após este isolamento, ter viajado para o Canadá onde presenciaria a construção de um túnel a uma temperatura de vinte e cinco graus negativos, dali rumado para o Amapá onde ouvira o canto do coleira-do-norte, um dos seres mais sensíveis ao tremor da terra, cantava como se denunciasse a perfuração da rocha; isso foi logo depois de formado, hoje continua sendo assim. Dali à China, aos outros projetos, ao México, à Índia, Minnesota...

Otávio se sentia muito só.

Otávio! Otávio!

Supôs ter ouvido.

Confuso, fugiu para dentro da reunião.

Foi por isso que Clara tomou a decisão.

Havia encontrado emprego justamente em sua cidade. E queria estar empregada aqui. Era aqui que precisavam dela. As pessoas. Elas precisam da água para beber. Porém sua captação está à jusante da lavra a qual constitui o projeto de expansão da *Mina* e cujo processo deturpará o regime hídrico. Se Otávio a estava deixando nervosa com sua pressa (a urgência dos chineses), Clara não podia dizer que ficara magoada. Também não podia negar que começava a ser tomada por uma pontinha de descrença. Mas isso não mudaria em nada suas convicções. Ao contrário, iria, sim, dificultar as coisas pra ele. Tudo de que precisava era seguir a cabeça.

Dirigiu-se para a *Mina* aquela manhã como em todos os outros dias. Ligou para Otávio antes de sair, ele não atendeu, ligou para o fixo, Rílare informou que ele estava dormindo. Como assim? Ele tem uma reunião importante. Clara, doutor Otávio me disse que não tinha dormido bem e pediu que o chamasse em meia hora.

Nunca havia notado o quanto era forte.

Mesmo estando o tempo todo sujeita às picuinhas da avó e da irmã. Como acontecera hoje, mais cedo. Estava à mesa do café com Sílvia e, como numa homenagem ao silêncio, apenas olhava... O pote de geleia, o vidro, a tampa de metal revestida com o tecido xadrez miúdo, azul e branco, um laço de fita arrematava o fechamento do pote que Clara olhou mais uma vez, e engoliu o nada. Que cara é essa? Perguntou Sílvia, mostrando certa animação: Parece que topou com uma sanguessuga, você dormiu, Clara?, algum encontro, ontem à noite? E para reforçar a coragem em fazer perguntas, continuou: A não ser que esteja apaixonada, estou certa?! Não se deve intrometer assim, Silvinha. Era vovó Lilá. Num dado momento ela havia chegado sem que as netas notassem. Mas Sílvia não perdeu a oportunidade, dizendo-se uma mulher simplesmente prática, indo direto ao ponto, que mal há nisso? Deixe deixe ela pra lá, vovó. Contemporizou Clara. Minha irmã gosta mesmo de um impasse, desde pequena; não me incomodo.

Em geral, a eclosão de disputas internas por harmonia e pelo amor da avó possibilitava a Clara uma espécie de fuga. A partir da recusa em aceitar a nova ordem, desde que a mãe partira, preferiu migrar o pensamento para uma música guardada na cabeça ou o pote de geleia, preferia fingir admirá-lo como se fosse um quadrinho pendurado na parede. Pouco depois das gracinhas da irmã, Clara se levantou, tinha de ir para o trabalho.

A decisão estava tomada.

Sem ter jamais aceito a partida da mãe, a despeito da solidão e da ruptura da infância, podia ter optado pelas mais diversas profissões; a ciência de compor cartas geográficas ou a de escrever em cifras e códigos; podia ter escolhido moldar o barro, a argila; cozinhar; construir prédios; fotografar borboletas; fazer cinema, Clara desejou conviver com as pessoas e se disponibilizar em ajudá-las. Hoje, aos trinta e quatro, era o que ela estava decidida a fazer.

Só os que não conhecessem sua infância, diriam, é demagogia, caridade, excesso de altruísmo. Qualquer um que tivesse visto aquela menina de seis anos, muito tempo atrás, antes do nascimento de Sílvia e da mudança para a Casa do Recanto, qualquer um.

* * *

Não vão abrir a porta, disse a menina. A seguir, ajeitou a casa de bonecas, bem naquele canto, ao pé da porta, no corredor estreito. Eu sei que eles não vão abrir a porta, repetiu, falando sozinha porque estava na idade e porque raramente saía de casa, preferindo então receber alguns de seus amigos mais fantásticos, no corredor. Seria tão bom se pudesse chamar as colegas do prédio para exibir as panelinhas e outros utensílios, como o micro-ondas ou a lava louças, que pareciam de verdade. Mas não haveria de ser esse o problema, não seria isso a estragar sua felicidade, afinal.

Precisou arrumar tudo como sempre fazia, assim que a porta se fechava e aquele pedaço se reservava para ela e para a brincadeira. Além disso, no corredor havia cinco portas (três quartos, um banheiro e a passagem para a sala) e a menina determinou, então, que possuía cinco vizinhos. Precisou arrumar os armários e a penteadeira; a cama de princesa. Que bom que tinha ganhado roupas novas para as barbies e uma escova de cabelos especial para cabelos de barbies. Assim, podia pentear cada uma (e eram muitas) e isso levava tempo e o tempo passava e ia se arrastando igual. Como nas vezes em que resolvia dar banho nas bonecas. O ritual consistia em estender a toalha no aparador em frente à porta da vizinha que morava onde ficava o banheiro. E preparar a pedra de sabonete, o algodão que servia de bucha e que não machucava a pele dos bebês, ah, e o creme para depois. Seja como for, daquela proximidade mãe-filho, a menina gostava. Aquilo lhe era um conforto, como também encher a banheira de água na pia da vizinha, onde pedia o favor de entrar, explicando que aquela banheira tinha sido sua quando bebê. Sentia que a vizinha era simpática e até conversava; um dia a menina ouviu ela contar que as coisas são passadas dos pais para os filhos, e assim estava sendo com a banheira. Para compreender melhor o que tinha ouvido, a menina – ao se virar de costas com o peso do recipiente cheio de água pelo corredor – pensou que gostaria de deixar para suas bonecas herdeiras algo menos fácil de derramar menos difícil de equilibrar.

E ela continuou os preparativos. Houve um baque sonoro bem perto dali, como um corpo que caía no chão. A menina disse que a vizinha do trezentos e dois, de vez em quando, quase sempre, se esborrachava no tapete. Devia ser manca, a coitada. Ou desajeitada mesmo, como diriam os adultos. Houve mais um baque (desta vez como se alguém derrubasse um móvel) e ela pensou que a vizinha já passara dos limites. Simplesmente acordaria seu bebê, o Paulinho, que dormia tão sossegado, e lindo, no bercinho, todo delicado, presente da vovó. Aquela vizinha estabanada é uma chata, disse a menina para o bebê. Chata, boba e feia. Mamãe vai fazer você dormir de novo, meu amor. Tornou a dizer e pegou o bebê no colo, apertando-o contra o peito, perto do coração. Como era feliz em acariciá-lo daquela forma, em fazê-lo sentir as batidas dentro dela. Do cômodo atrás da porta fechada, ouviu-se mais um baque. Paulinho, meu bebê, a mamãe vai te apertar bem apertado para você sentir o tantão assim oh!, o tanto que a mamãe te ama. Você sabia, meu bebê, que as crianças sentem quando as mães estão contentes, quando estão tristes, muito tristes, e até desesperadas? Eu, Paulinho, estou feliz porque você está aqui comigo. Porque eu protejo você. Aqui, na nossa casa. Ninguém vai entrar ou nos fazer mal.

Aaiiiiiiiii! Berrou alguém. O grito veio do outro lado da porta. Não abram, por favor, sussurrou a menina. Teve medo de que despencasse o sofá, a estante, a TV, a mesinha de centro, tudo que estava apoiado à porta, onde conversavam animadas três bonecas enquanto tomavam chá.

Paaaara! Olha a nossa filha aí fora. Implorou a mulher atrás da porta.

Ele não está bem, o Paulinho, disse a menina, ao mesmo tempo em que pegava um termômetro velho e metia o troço na boca do boneco. Ele não está bem. Se ele estivesse mesmo com febre, ela lhe daria umas gotinhas, assim como a sua mãe fazia quando a testa dela ardia e doía o corpo. A menina não pensava em outra coisa senão no bem estar de seu bebê. Quase zangada de tanta preocupação. Sentou-se no chão, perto do berço, afagou o Paulinho, verificou a temperatura e, de repente, mostrou-se aliviada. Que bom! Ele estava frio. E ela sorriu de novo. Que bom! As horas corriam mais rapidamente. Estava feliz agora que podia deixar o bebê dormindo e ir adiante, perto da passagem que dava para a sala, onde montara uma cozinha. Num instante, ela prepararia o almoço para as bonecas. Devo fazer arroz, feijão, bife, batata frita e legumes, disse a menina, feliz também porque seus filhos comiam legumes, verduras e muitas frutas, como precisam fazer as crianças para crescerem fortes e saudáveis. E tinha prazer, ainda, por vê-los independentes, manuseando sozinhos os talheres.

Já chega. Chega por hoje. Tentou argumentar a mulher do outro lado da porta.

Não paro coisa nenhuma, sua vagabunda.

Neste intervalo de tempo, no corredor havia completo silêncio. Talvez, a menina pensou, fosse melhor se movimentar um pouco. Bem, meus queridos, mamãe vai servir o almoço; vocês estão com fome? Ela perguntou. E se dirigiu ao seu quarto por uma das portas entreabertas, buscando na gaveta da mesa de cabeceira o *walkman*. Em seguida, entupiu os ouvidos de música porque, para ela, já que ia servir a refeição, isso combinava com som ambiente. De imediato, porém, largou o negócio e puxou uma cadeira para se sentar mais perto de onde vinham os gritos.

Nããããoooo. Esgoelou mais uma vez a mulher. Nessa hora, a menina grudou na porta. Seguiu-se um doloroso nada, depois os soluços, e então os gemidos.

Por que não agora descer um pouco e brincar na pracinha da matriz aqui em frente? Ah, não vai dar, parece que vai chover, a menina disse. Bem, escuto um choro. Será que é você de novo, Paulinho. Isso só pode ser manha, meu amor. E eu não posso fazer nada por você. Ela sentenciou. Eram quase duas da tarde e a porta estava fechada desde cedo, como em todas as manhãs, quando o pai chegava andando meio de lado, meio torto e fechava a porta. A menina estava com pressa de servir o almoço para suas bonecas e, em seguida, contaria histórias para todos, que se sentariam numa roda, com perninha de índio, como a professora fazia na sua turma da escola. É certo que não dava pra ir à aula todos os dias, às vezes ninguém abria a porta a tempo de levá-la. Mas não seria isso também a estragar sua alegria. E ela se sentou no tapete do corredor, abriu o livro e começou a ler *A bonequinha preta*.

Socoooorro! Suplicou a mulher entre lágrimas. Socooorro!

No corredor, o som chegou abafado pelas paredes. Bateu

de frente à falta de som do grito que a menina não soltou. Ficou preso dentro do peito. Estando preso, ficou tudo quieto, de repente. Oh! Vocês estão achando a história triste? Sim, meus filhos, vocês estão com umas caras; vou ler outra coisa então: revistinha da Mônica. Escutem só: Tem o Cebolinha e mais um monte de gente. O Cebolinha, a Mônica e o Coelhinho da Mônica. Ah! O Coelhinho! Tem uns POF. JOGA. HÁÁÁ!! QUÊ?! CATAPLOFT BUÁÁÁ! O Cebolinha destruiu o Coelhinho. Ela vai ter de chamar o médico. Tem mais uns VUP. GLUPPP. Isso tem um nome. Amanhã, quando eu for à escola, vou lembrar de perguntar como se chama mesmo esse barulho mudo desenhado no papel.

* * *

Só os que não conhecessem sua infância, diriam, é demagogia, caridade, excesso de altruísmo. Qualquer um que tivesse visto aquela menina aos seis anos, muito tempo atrás, antes do nascimento de Sílvia e da mudança para a Casa do Recanto, qualquer um. Uma menina que tivesse vivido isso, mesmo que não se lembrasse, mesmo que tenha esquecido para evitar o enfrentamento, uma menina dessas procuraria muitas vezes continuar resistindo; e se envolver com os problemas das pessoas podia ser um modo de encontrar a paz de espírito.

Clara agora parada à porta da sala de Otávio no Escritório Central não ouvia as discussões tolas que corriam lá dentro entre o diretor, seus escudeiros e os chineses. Ela resolveu superar a intervenção de Otávio quanto a sua presença no encontro; resolveu esperá-lo aqui fora, para uma conversa. Ele não poderia deliberar nada, não poderia prometer nada aos investidores. Já que persistia, pendente, o aquífero. E, com ele, os atrasos. A coisa estaria de tal forma encrencada que a proposta de *water harvesting*...

A dúvida de Rílare pairava essencialmente sobre estas duas palavrinhas. Ela perguntou a Otávio o que é que significava aquela expressão para os engenheiros. Ela lhe perguntou com muito cuidado porque ele gritava muito: WATER HARVESTING... WATER HARVESTING...

Um dia ele entrou em casa esbravejando: Ela agora me vem com essa história de aquífero! Eu já te explico, Rílare. Este é um processo de refiltragem da água à jusante, antes da captação, o que implicaria, em primeiro lugar, em mais atraso, com aquisição de terras vizinhas para a construção de uma lagoa, e mais atraso, além dos prazos legais propriamente, para tramitação dos pedidos de autorização para a compra das terras, instalação da lagoa, refiltragem da água, atrasos, atrasos e mais atrasos.

Cuidado aí, dona Clara!

Ouviu o aviso do rapaz que varria o alpendre e esvaziava as lixeiras ao mesmo tempo em que sentiu o empurrão forte de Otávio; ele deixava sua sala de cabeça baixa como se estivesse numa tourada, como se fosse o touro. Não se deu o trabalho de pedir desculpas. Pelo visto, a reunião rendeu, ela disse. E agora? Clara saiu atrás dele, pararam num descampado ao lado dos escritórios, como se ocupassem um vácuo, os vagões abarrotados de minério, lá longe, desviavam das montanhas, cumpriam seu dever. Agora, o quê, Clara? Nós vamos ter de conversar, Otávio. Não tem conversa não, doutora, não tem não. É muito simples, vou chamar um cara de fora, um homem, um hidrogeólogo, deixe comigo, conheço vários profissionais habilitados nesta área, certamente ele vai avaliar e apresentar uma solução técnica condizente, e em tempo. Apenas me estranha muito o fato de você desperdiçar a posição invejável em que se encontra.

Para isso servem as reuniões de negócios.

Pode-se acrescentar que, naquela hora, Clara disse a Otávio que apoiaria qualquer mobilização da comunidade no sentido de barrar este absurdo.

Em contrapartida, ele teria lhe respondido que absurdo era o comportamento de uma ambientalista, ou de alguém que se afirmava como tal, uma moralista que saboreia picanha aos domingos, anda de carrão, compra roupas em lojas de departamento que exploram trabalho escravo, toma cafezinho em copo descartável.

Pelo menos foi isso que Otávio me contou depois.

Porém chega um dia, isso é verdade e é maravilhoso, que nunca mais se pode prever nada, quando passamos a reagir da maneira que não está em sintonia com nossas ideias, mas de acordo com aquilo que nos identifica ou por quem gostaríamos de viver, mesmo que não saibamos como. Há tempos não escrevo. Hoje resolvi escrever e o que é que eu fiz? Este parágrafo. De uma pobreza. Nem sei como, mas penso que continuar seja o modo mais fácil de encontrar as razões para o que vem me acontecendo.

Neste caso interessa também a solidão de Otávio.

A solidão azul.

Foi o que me confessou depois das muitas vezes em que dormimos juntos.

Por que você não me conta mais sobre isso?

Foi o que perguntei noutro dia, quando acordamos. Otávio soltou um suspiro e, com uma aparência infantil de estar sendo enganado, considerou um abuso a minha abordagem. Depois ficou me olhando quando me levantei para tomar um banho. Foi atrás de mim. Pediu que eu me retirasse, não gostava que ninguém utilizasse o banheiro da suíte, portanto eu que fosse me vestir no andar de baixo. Como saí sem reclamar, ficou parado, encostado na pia, sua decepção por minha falta de protestos, ficou inerte sem saber o que fazer.

Numa dessas, havia muito, muito tempo, aquilo teria sido um divertimento para Otávio. E quanto maior a fruição, maior a desonra. Não é disso que tratam os livros de coragem e bravura?

Pensava na mãe, sempre, ao olhar as janelas emolduradas, as portas, e o jogo de contas azuis da cor dos olhos dela. Meu pai nunca se dirigia a mim, senão para berrar: Saia daqui, menino, me deixe em paz. Mas Otávio vinha de novo: Precisa de ajuda? O pai berrava sussurrando porque repudiava violência. Infligia regras em voz baixa. Faça isto, não, não faça isto. Querendo dar ordens, ficava mudo para repreender. Desta precariedade, Otávio se defendia sonhando, e mantinha a imaginação como por perto, o que fazia crescer uma esperança danada de que um dia se relacionassem, e então suas vidas finalmente se encaixariam. Enquanto não descobria o que ia acontecer, buscava a mãe, uma mulher que adorava o casamento e detestava lavar louças e roupas. Ela proclamou: Você é o meu príncipe. Punha-o sentado num banco de madeira estofado de veludo vermelho: Este é o seu trono. Um tanto desbotado, aquele banco. Otávio era incapaz de se mover, as orelhas ardendo, enquanto a mãe tirava uma foto para pôr em cima do piano. O que ouvia depois era que daria um pulo na cozinha para ver um bolo no forno. Tentava se convencer de que voltaria. Passei a gostar de histórias de homens com coragem e nobreza, gostava de saber aonde iam, como falavam e como faziam amigos e de cada passo que os levava ao seguinte, enfim, como venciam monstros e gigantes: *naquele castelo, vivia um jovem a quem a natureza aquinhoara com as mais belas virtudes*. Otávio leu todos esses livros. Leu também a turma do Wolverine (os quadrinhos X-Men), os Vingadores, a Liga da Justiça, Superman, Hulk, Homem-Aranha. A única pessoa real era o vô Ninito que guardava um estoque de lendas e fábulas e com quem ele ficava horas conversando sobre o que queriam que fizessem os personagens.

Durante as férias, na fazenda: Sabe, Tavinho, fazer xixi na cama não tem problema algum, meu pequeno, a mamãe vai trocar a roupa toda, você vai ver só, até mesmo a fronha, hoje à noite, quando for se deitar, vai estar tudo sequinho-sequinho; e não se toca mais neste assunto, combinado?

E se a mãe telefonasse ao pai: Não, Archimedes, isso não é possível... Não, não é possível continuar assim... Hum... Você tem de tomar uma providência, sim, você, quem mais?... É, é isso mesmo, é enurese noturna, nosso menino está com enurese noturna, Archimedes, o urologista foi categórico... Hum, a causa?, ele disse que vamos ter de investigar... Sim, de acordo com o perfil, os sete anos que ele acabou de fazer *et cetera et cetera*... Não sei não, Archimedes, está acontecendo alguma coisa, a gente precisa descobrir o que é... Outro pra você, tchau.

Otávio sabia que todos em casa passaram a conversar sobre a inquietação que se instalara. Mas ele mesmo não falava sobre o assunto com ninguém, nem com o vô Ninito. Contudo o mal-estar não ficava esquecido nos lençóis. De manhã, seguia a mãe pela casa, lá fora, na horta, sentada à rede do alpendre até que, um dia, todos se mostraram de modo geral muito mais calmos porque haveria uma saída, um treinamento, uma precaução a se tomar. Sim, esvaziar bem a bexiga antes de dormir. Lentamente, distraidamente, sentado no banheiro da fazenda. E parecia um mero acaso, uma coincidência aquela de se concentrar para fazer xixi enquanto alguém se banhava. E não haveria mais o pavor constante de estar fazendo algo errado. Otávio achava um erro fazer xixi na cama porque os colegas, na escola; os amigos, filhos dos vizinhos fazendeiros; os moleques do caseiro; nenhum deles se queixava sobre o assunto, não comparavam assaduras no meio das pernas, não ficavam segurando com as mãos a noite toda, ninguém jamais tinha levado bronca porque amarrara o pinto com barbante para que nenhuma gota escapasse; ninguém tinha sido visto carregando uma vergonha como aquela. A comadre que o pai pretendia que se instalasse definitivamente debaixo da cama. Está ficando maluco, Archimedes? Você vai constranger o garoto, ninguém mais faz uso de uma antiguidade como essa. Os passos das botas no corredor encerado traziam a voz que vinha chegando, grave como a de um fantasma das trevas, um cavaleiro negro: Filho meu não pode mijar sentado, Maria Eugênia. Sentado na privada do banheiro. Olha lá, não vou admitir uma coisa dessas.

Só depois de muito tempo, não foi aos poucos, mas depois, já crescido, feito homem, Otávio começou a perceber o que teria sido o início de tudo. Por alguns instantes, agora, encostado à pia, parado no banheiro da suíte, enquanto ela foi se vestir no andar de baixo, ficou a pensar no que costumava acontecer detrás da cortina que cobria o esconderijo de tomar banho, na fazenda. Aquele plástico branco que acabava perto do chão com quatro fileiras de peixes e estrelas do mar, conchas e caramujos coloridos. Aquilo era como um portal que protegia um território como o das aventuras que ouvia na hora de dormir. Nem tão branco como são os copos de leite, nem tão pouco como são os de limonada. Aquele quadrado de uma flutuação qualquer que se agarrava a outro pedaço, de pau, que era um cano de prender; bem firmes, os anéis gigantes que o mordiam não machucavam, como se fossem feitos para os dedos de uma pessoa muito gorda, prendiam ela lá dentro e, assim, seguravam como se fossem o gancho do capitão, de modo que, quando ela se mexia no pouco espaço, daqui, sentado, esperando, congelava-se o tempo, de quando se vê alguém ou alguma coisa, somente por um instante, e aquela experiência provoca na pessoa a ideia de que alguma coisa é boa, parecida com uma massa a se mexer, nem tão cinza nem tão marrom. Mas ele sabia que era um corpo magro, fino, quando estava vestida, as pernas grandes, as saias longas, evasées. Os dedos compridos agora abriam a torneira do chuveiro. Ele a esperava amassar os cachos dos cabelos que não eram mais aquelas molas de afofar como quando estavam secos. Ele a esperava correr o pente, entornar o shampoo. Use o shampoo *Jhonsons* que é pra não arder, pra não chorar. Ele a esperava e a voz dela chegava-lhe como uma música diferente a cada dia, cantando palavras que ele não conhecia, por mais que prestasse atenção, como era impossível adivinhar o que diziam aqueles sons.

Mas isso acontecera havia muito, muito tempo.

Otávio me contou.

Na verdade, o seu passado ele não começou a me contar no dia em que chegou da Mina depois de ter brigado feio com a Clara.

Nesse dia, olhei pela janela, que tempestade vinha vindo!

A mancha de vinho eu a estava tentando tirar. Esfregava aquela camisa com força, depois de tê-la deixado de molho por algumas horas na bacia com água quente e *Vanish Poder O2*. Naquele instante, eu não sabia nem de longe por que circunstância, mas Otávio tinha entrado em casa pela área de serviço, invadindo o banheiro da dependência de empregada, começou a vomitar. Entre um episódio e outro, eu ouvia lá do tanque, Otávio gritava, mandava todos para o inferno, xingava uns palavrões os quais não cabe aqui reproduzir. Aquilo me garantiu que ele andava se excedendo, parecia febril, esquecido, como se enxergasse coisas, bebia demais ultimamente, emendava depois do trabalho acompanhando os engenheiros da Mina, tinha esses amigos na mais alta conta, abusava de tira-gostos em botecos, e pior, só frequentava copo-sujo, eu já tinha avisado que isso ia acabar acontecendo, com a saúde não se brinca; não adiantava falar.

Otávio fez sair tudo que tinha de sair e estava à porta do banheiro, me olhando. Eu, com um riso debochado, ensaiava tripudiar pra ver se ele aprendia de uma vez por todas. Está vindo de onde? Da Mina, de onde mais? Tanto faz dizer de onde está vindo. É casado com o trabalho mesmo. E continuei: O importante é você chegar à conclusão de que não dá pra viver assim, hein, está me ouvindo, hein, responde? Por que é que você está me olhando desse jeito, nunca ninguém lhe foi tão petulante? Otávio tinha um rolo de papel-toalha nas mãos, destacou duas folhas, passou-as na boca, aproveitando para secar algum suor que escorria dos cantos dos olhos pelas laterais do nariz; era de pele oleosa. Marcas de espinhas da adolescência ficaram nas bochechas. Ih, falando difícil de novo, Rílare? Pelo que sei, moças como você não falam dessa forma. A testa e o queixo furado brilhavam. Ainda hoje, guardo os pensamentos que tive naquele momento. Otávio prosseguiu: Mas então, não fugindo a sua pergunta, garota, vamos lá, não é o caso de petulância ou insolência ou o que quer que seja; na verdade, nunca ninguém me foi nada.

Poucas coisas nos causam mais desconforto do que ver alguém preso, prestes a fazer uma confissão, e alguém capaz de ouvi-la e fazer dela o que bem entender. Formávamos um bonito casal. Talvez baste. É bastante comum a pessoa pedir socorro como se fosse um aperto que ela sentisse, uma estreiteza, como se lhe viesse uma emboscada e fosse essa a ausência da pessoa mesma. Otávio é a minha pessoa em questão. Sempre comigo, fará sempre parte. Entrei em sua vida, por sorte, na hora certa, talvez seja este o motivo, contar uma história, oposta e coincidente, minha vida, de tantos nós.

Comecei acordando depois de muitas noites em que dormimos juntos. Quando não, eu puxava o colchonete sobre a tábua corrida ao lado da cama, era como deixava que ficasse, pois havia um afastamento e persistíamos nele. Não dizíamos nada, deitávamos. Cada um em seu repouso. Mais tarde, eu já de olhos fechados, vinha Otávio dizendo: Admiro você, Rílare. Pare com isso, por favor. Sim, admiro você, seu trabalho com as mãos.

O pano de fundo para sua tristeza eram os chineses. Contudo, esse escape único não durava mais que até o fim da tarde. Chegava da *Mina* e não sorria. Eu achava que algo de muito mais sério estava sendo feito por Otávio contra si mesmo. Quase não se escutava sua voz dentro de casa. Numa quinta-feira dessas, lembro-me de ter perguntado: Você está sofrendo muito, não está?

Passei a ir lá depois de todas as faxinas a caminho da faculdade antes de escurecer, passei a preparar o jantar pra ele. Na tarde de dezesseis de junho, fazia tanto frio, pensei em não ir. Acredito que foi por coincidência, essa foi também a noite da minha descoberta. Seria falso negar, estava louca por isso; porém, sobre o tal instante, se me perguntassem, não vou dizer que não busquei, é o mal de querer saber. Vou dizer apenas, hoje, no mundo, onde estivermos, as coisas novas não ocupam tão facilmente o lugar das antigas. As coisas não mudam, não podem mudar. É o que Dona Lilá apregoa.

* * *

Estávamos na capela, eu tinha uns dez anos.

Éramos feições, nuances, olhares. De joelhos, murmurávamos o ato de contrição. Bonito que só vendo! Ouvi a Irmã Perpétua (muito alta) comentar com a irmã Maria das Graças (gorda até não poder mais). Eu as segui com os olhos. Sumiram de braços dados atrás da porta que dava para o salão central iluminado por paredes amarelas. Este salão era composto de algumas passagens de vidro canelado que corriam dentro de molduras em trilhos de alumínio. As passagens viviam trancadas e, dizia-se, eram o muro de Berlim entre a área pertencente ao colégio e o lar das freiras. Alguns anos depois, num livro da oitava série, eu conheceria o que teriam sido as Alemanhas.

Vamos, crianças! Era a irmã Teodomira, grave, convocando a turma para a primeira confissão. Vamos lá, por favor, um de cada vez, venham por aqui, todos atentos, em fila silenciosa, por favor, o cônego Galdino aguarda naquela sala ali ao lado, ele é o mais piedoso capelão que já tivemos. Isso, você mesma, Alessandra, você pode entrar. Os outros permaneçam calados. E vamos manter distância. Nessa sala, eu entrei quase por último, agradecendo a Deus o presente que ganhara ao nascer. Meu tio, que morreu quando era ainda muito pequena, fez a caridade de me registrar e exigiu do cartório o nome estrangeiro encomendado com ênfase por minha mãe. O moço que veio ao balcão de atendimento, naquela tarde de abril, considerou passar meu nome para o papel com o som da melodia com a qual os outros me reconheceriam. Minha mãe ficou uma arara, uma maritaca, de tão brava. Meu tio disse, melhor assim, Geralda, menos chamativo. Pela primeira vez dependi de estranhos para resolver problemas.

Conforme iam saindo da sala, em ordem alfabética, entrávamos, um de cada vez, como não cansava de repetir a irmã.

Durante a espera, fui ficando nervosa. Entre todos, o meu era o maior pecado. A maldita curiosidade. Um feixe de luz através da soleira me dava alguma esperança, mas, sério, eu estava com muito medo. Logo que me ouvisse, o cônego não me autorizaria a receber a hóstia consagrada no dia seguinte, não autorizaria. Lembro-me de ver os colegas e as amigas de cabeça baixa. Quando acabou, nada havia mudado, exceto a certeza de que eu teria cometido "violação de correspondência alheia". O cônego se zangou quando eu lhe contei que, no outro mês, havíamos recebido notícias de dona Margarida, a mãe das meninas. Sim, eu tinha visto, na caixa do correio, uma carta da filha para Dona Lilá. Não aguentei e abri o envelope, ninguém sabia, eu o abri com muito cuidado, com a minha tesoura sem pontas, margeando a borda verde-amarela que circundava o retângulo. Aquilo machucou o cônego, eu vi nos lábios mordidos dele, e ouvi de sua boca quase fechada, ouvi as palavras que lhe vinham da garganta: Eu deveria relatar todo o acontecido a minha mãe que contaria a toda a família - tratava-se de um conselho, ele disse - para que tivesse a oportunidade de me desculpar. Seria realmente necessário este gesto de humildade, só meu, para que me perdoassem, e para que o perdão de Deus, infinito e misericordioso, verdadeiramente pudesse me cobrir com sua benção. Depois de algumas horas, já em casa, decidi que não ia mais passar pela dor que estava sentindo, não ia mais suportar aquele aperto no peito. Então, desobedeci. Foi a primeira vez.

* * *

Eu não sabia o que Otávio estava fazendo consigo.
Soube mais ou menos naquela noite. Tudo o que eu planejava era dormir lá, sempre que deixasse. Você está passando bem agora? Já, já estou me sentindo melhor. Que bom!, hoje você pode dormir aqui, se quiser.

Então, como eu estivesse livre da cólica após providenciais quarenta gotas de *Atroveran* e, de fato, como ainda não anoitecesse, terminei de lavar as camisas, no tanque. Não tinha o costume de batê-las na máquina. A centrifugação feria colarinhos e punhos os quais eu mesma tinha a função de alisar com um tantinho de goma diluída em *Passe Bem*. Torci as roupas e as pendurei no varal da coberta, extensão da área de serviço. É que estava armando muita chuva. Tudo finalmente escuro, fui direto para cima já que não tinha rendido quase nada de tanto incômodo na barriga. Você vai me desculpar, mas eu não posso hoje assistir ao MGTV, ainda tenho de varrer os quartos. É, eu sei, não consegue ficar parada.

Se relaxasse um instante, teria agarrado ele ali mesmo, na sala. Que homem esquisito, meu Deus! Admira meu trabalho com as mãos como se apreciasse em mim uma elegância nas horas mais borralheiras. Com tantas coisas pra reparar. Se bem que, uma vez, peguei ele me espiando, o rasgo da saia, safado! Se bem que aquilo que mais me impressionava era ver Otávio olhando o teto.

À noite, debaixo do cobertor e da manta xadrez cujas franjas me coçavam o pescoço, de barriga para cima no colchonete estendido no chão do quarto, eu observava suas mãos ampararem o rosto depois de muito tempo grudado com os olhos no teto. Pensei, ele está sofrendo muito.

Mas a desordem em que se encontrava não tinha o menor sentido pra mim. Já fazia cinco meses que trabalhava ali e Otávio na certa se acostumara ao meu jeito, eram parte de sua rotina minhas tiradas irônicas, minhas invasões, até o banheiro eu já bisbilhotara enquanto ele se barbeava. Reuni tudo o que juntara sobre ele e continuava sem entender. E seria incapaz de julgá-lo. Por isso, quando dormi e quando acordei e quando vi pelo celular, 2:51, e quando olhei, ele não estava deitado, cheguei a pensar, deve ter ido ao banheiro, à cozinha.

Na verdade, de lá, do andar de cima, eu não podia saber. Fiquei sentada vendo o quarto, tão só quanto eu, como se não existíssemos. Houve um momento em que fiz aquilo que até então não tive coragem de fazer. Nesse momento, não me condenei por ter me levantado e descido as escadas. Única preocupação, não fazer barulho. Depois de dois ou três minutos, estava caminhando em direção à saleta, apareci na porta e fiquei parada. Otávio, de costas pra mim, de frente para o notebook, gemia. Deve haver uma palavra melhor. Mas ele gemia. Alto na madrugada. Continuei parada olhando ele gemer e bafejar e gemer; eu, um passo para trás, um passo adiante, me aproximei. Sobre esse instante, se me perguntassem, não sei responder o que houve, não sei dizer sequer se Otávio ainda estava lá. Quando a gente vê isso pela primeira vez, sente uma dor muito grande. Sempre me achei uma menina levada, mas tinha virado de repente uma idiota, a mesma menina boba com a qual me deparara, aos dezessete, quando minha mãe dissera: Você é filha de um alemão da *Ferteco*. Mais idiota do que todas as outras. Eu não valia mais nada. Nem poderia mais repetir, como gostava de fazer e Otávio ria: Tenho orgulho da minha profissão. Mal acreditava estar passando por isso. Retrocesso. Até esse dia, desde que chegara ali, até esse dia, andando pra lá e pra cá, hesitando, tantas vezes, sobre se devia entrar, até esse dia, quando achei que as coisas do coração ainda contavam, agora tinha ficado diferente.

Foi como pegar um filme no meio. A tela era grande e estava aberta. Impostoras, armadas até as coxas, nuas, cinturas, bocas, calorentas, fogo-na-roupa, vestidas de algemas, coleiras, roxos, cabelos, tatuagens pretas, facas, homicidas, pistoleiras, triplamente qualificadas. Sem-vergonha, mostravam pernas, tapavam peitos. Eu estava vermelhinha. Uma bolha? O que há lá dentro? Não existe nada lá. Nem haverá com o que se defender. O que queria mesmo é que não se instalasse aqui essa ambiguidade. É preciso destruir esse sonho, para que se acabe o martírio, para dormir. Como se faz a um parasita, um ser microscópico, uma mentira que cresce. Sonho ou memória? Nada que possa desaparecer por completo. Como o lapso na quietude, apenas uma questão de autossuficiência para não perder a noção de realidade. É que lembrar o que acontece na sombra, depois de acordar, requer anos de prática. Este é o mundo real. Não é possível controlá-lo. Tenta adiar a briga com as recordações. Se pudesse liquidar com aquilo, ah, se pudesse. Às vezes pensa em esfacelar parte da mente, o cérebro, não sentiu medo. Dissipou-se o sentimento. Apenas uma curiosidade como se fosse uma coceira. E hoje o único medo de sua vida é a paixão. Talvez a vida fosse diferente se não tivesse se apaixonado antes do desejo. Vendo e cheirando. Vendo e ouvindo-o brincar com aqueles corpos. Os veios. O desenho irregular das varizes nas coxas e nas canelas. Não sentiu. Apenas vivo, como nunca havia se sentido. Por exemplo, distrair é o mesmo que satisfazer. De que forças ele se distraía ao lado delas? Como um animal acossado, se bons açoites lhe deram, então bate, esmurra. É o que falta. Gesticula seus argumentos. Pede pra abrir. Está escuro como uma masmorra. Mas é uma taberna. Ou uma estrebaria? Quase não dá para perceber o próprio corpo. Mão, cabeça, à porta, à teia, tece, envolve. A seda, o bicho, a onça, a loba, raposa, a cauda. Cetim, a franja. Largo vestido, esguio como uma coluna, geometricamente estampado;

arrasta-se pelo chão. Que roupa me esconde para me atiçar? De boneca. Posso lhe oferecer algo? Espartilho, cinta-liga, o que acha? Entre. Pendure-se ao pescoço. Beija. Sussurra. Morde. Tape os olhos. De olhos fechados, a beleza é tripla. Bem que os quis destapar um pouco, mas ela não consentiu. Vendados com um pedaço de pano como se fosse uma folha de papel. Quanto à espessura. O lenço feito plano. Para cortejá-la e conquistá-la. O plano como falência. Econômico em caminhos preliminares. Será que está vendo minha insegurança? Quero a cor. Abra-os. Quero a condição de não ser obrigado. Com o sucesso dessa aventura, quem sabe esfriasse em parte a vontade grande que ele tinha de governar o próprio prazer. Porque, afinal, que grandeza há em mandar na vida de um micróbio, ou que dignidade ou que autonomia é administrar uma dúzia de síndromes, de déficits, do tamanho do pânico e da atenção, que se parece com a tristeza mais funda, com o gemido de dor? Então, fluindo depressa, o medo, não sentiu medo, dissipou-se, o medo, levou-o para um refúgio, fazendo com que ouvisse de repente um som, uma harmonia, que fez ele mover os passos, vindo se ajoelhar diante dela. Ergueu-lhe a saia. Como sabe tudo. Não diga isso a ninguém. Enquanto se está sendo seduzido, o sedutor não quer que se perceba. O monstro não se veste de monstro. Não queria que soubessem. Não queria nem sabia contar como aquilo se dava. A primeira ação é fazer a criança achar que está de acordo, senão ela conta.

A maior criatividade de uma mulher é fazê-lo acreditar que está no comando. Não pode crescer mais que ele, além do que talvez pudesse. Sonhei que compartilharíamos sono e sonhos, envelheceríamos juntos. Era pra ser meu. Como é que eu faço pra tocar você? Era o que eu mais queria dizer, ansiosa de amor, mas não disse.

Sentia-me mal.

Sem apoio, sem causa, sem futuro.

Estava um silêncio incrível.

Subi para o quarto.

Pessoas magoadas com a vida precisam mudar suas histórias.

Essas coisas entre casais, Otávio ainda não as identificava, por mais que hoje continue sem entendê-las; quanto tempo faz, ele se apaixonou, pela primeira vez, naquela época quando não poderia compreender qual era o seu desejo. Essas coisas entre paixões, pelas mulheres e o cachorro, pela família e a namorada, pelas pedras preciosas e a vara de pescar, pela profissão e o automobilismo, pelo time do São Paulo e as revistas de sacanagem, pela pelada com os amigos no fim de semana e as comunidades de relacionamento na internet dos praticantes de fantasias bizarras; essas paixões lhe eram incompatíveis, até porque, ainda desconhecidas, a maioria delas. Permanecem. Como se fossem duas pessoas que falassem ao mesmo tempo sobre assuntos diferentes.

Desde que entrou na Casa do Recanto, Otávio tentava compreender o que aconteceu consigo quando criança. No Jardim das Delícias, o bafo úmido de lodo e o cheiro de bicho, vindos do canil dos labradores, na memória são uma catinga de animal morto e podre. Tão forte quanto uma presença, como quando estamos sendo observados. Inspira esse fedor... olhos nublados, boiando... expira. Não gosta de animais em casa.

Tínhamos uma família, para dizer a verdade, morávamos juntos: meu pai, minha mãe, meu avô e eu. Hoje tenho somente um tio, com toda a aparência de um parente distante. Filho único, Otávio perdeu a mãe há poucos meses e o pai há alguns anos. Algum tempo após ter sido nomeado promotor público, doutor Archimedes Dias Vasconcellos comprou uma fazenda. Queria criar gado nelore. Para se distrair. O pai era muito respeitado entre os pares. Um sujeito de terno e gravata. Em Ourinhos, a voz sussurrada era idêntica. E tinha na pele impresso o tom zebrado por caminhadas no pasto, ao sol, em mangas de camisa que vestiam o mesmo homem poderoso.

Nossos olhos nunca se encontravam. E eu me sentia culpado, como se tivesse abandonado minha mãe, o que não era verdade porque um dia eu vi, ela lavava os colarinhos dele, eliminava vestígios para preservar sua reputação. Mesmo assim, uma falta e um constrangimento foram tomando conta de mim. Mais tarde me tornei trêmulo, quando eu já era um adolescente. E um medo de tudo e uma raiva endereçada ao mundo todo foram se instalando, ocupando meus espaços. À medida que o tempo passava fui perdendo a paciência de viver choramingando. Meninos têm o direito de chorar o quanto quiserem, diria Clara, se soubesse. Fui perdendo a inocência. Pensando agora, meu pai era vivido quando fez o que fez e sequer considerou que a menoridade é algo que tem de ficar fora de qualquer violação, nada há de mais delicioso que uma infância preservada. A vida da criança deve ser uma vida fácil.

Otávio não soube como fazer, não soube como se defender, quando tudo começou. A morte da mãe e a mudança para este interior foram se tornando a abertura abstrata para o passado. Desde então lhe vinham à lembrança imagens daquele dia, véspera da Páscoa. A mesma melancolia que sentiu através das janelas azuis emolduradas quando entrou pela primeira vez na Casa do Recanto. Em meio às sombras, sentiu, de forma imprecisa, não seria protegido, ele que cultivava um sonho banal, sair para passear com o pai. Que passeio, que nada, apenas uma dormência, um formigamento, o peito aos estilhaços. E ao cabo de certo tempo o rosto do pai passou a assombrá-lo, principalmente após a sua morte.

Uma tarde, quinta-feira do feriado de Páscoa, doutor Archimedes tinha aproximadamente a idade do filho hoje; antes da meia idade. Otávio devia ter uns sete anos; isso mesmo, tinha acabado de fazer. Logo após o almoço, jogado na rede, na varanda, cansado de atirar para trás a cabeça, olhar o céu, esmagar formigas, mudar de posição, aleijar lagartixas, elas sem rabo sem cabeça passeando pelos azulejos do barrado da parede, cansado de perseguir a pluma que caía do ninho, na calha, ia descendo, flutuando, como as palavras que a gente ouve sem escutar, flutuando até se prender na covinha de um dos paus que formavam o guarda-corpo. Deste modo seguia se lamentando, e ninguém por perto para lhe responder, mais apertado sentia, até descobrir, fazendo olho de pirata, no espaço entre os contornos das ripas de madeira, uma abertura, por onde cabiam duas pessoas, lá embaixo. Da posição em que Otávio se instalara, podia assistir ao caminhar do pai, no pátio defronte à sede, de mãos dadas com dona Maria Eugênia, ela saboreando um suco de maracujá gelado, sorvendo-o pelo canudo, como se a boca continuasse indefinidamente seca.

Otávio agora debruçado sobre o parapeito, os bois pastavam lá longe. Então se ajoelha, abre e fecha os olhos, espia de lado e vê o pai se debatendo sob as garras da mãe, cravadas nos braços dele. Do ângulo em que observa, parece que ela está ficando maluca, tentando arrancar os próprios cabelos, chupando as costas da mão, enquanto o pai, com uma cara infeliz, de focinho levantado, igual ao Pancho aos domingos, quando se estica todo ao pé da churrasqueira; doutor Archimedes soprava, como se houvesse ali as casas dos três porquinhos; e puxava de volta, como se o ar lhe fugisse.

Naquela tarde, doutor Archimedes meteu-se na pick-up, uma *C-10* brilhante, enquanto a mãe parecia não se aguentar do lado de fora encostada ao capô; olhava para o pai como se pedisse explicação. Doutor Archimedes sequer tinha justificativa. Mostrava-se de repente apenas animado e orgulhoso de ir até a cidade, como em todas as tardes; até a cooperativa rural da qual era diretor; fazer serviço de banco; conversar com os fazendeiros na praça; jogar sinuca no bar, conforme a mãe não cansava de repetir; constatar-se de que os outros continuavam menos endinheirados, latifundiariamente menores, cada vez mais invejosos do pasto e do gado seu.

Otávio não entendeu o que queriam dizer, mas os olhares, suas implicações, ficaram na cabeça todos esses anos. Nada poderia ser mais falso. Paiê, ele veio gritando. Posso ir com você? Só hoje, posso?

Otávio saiu do casarão desatinado, o casarão que ele visitara pela primeira vez aquela tarde. Desatinado, embora não soubesse. Desatinado, o que significava? Quando saiu, desmaiou nos braços do pai; não exatamente, apenas um sono de pedra. Doutor Archimedes o carregou até a caminhonete, a sonolência durou o percurso de volta à fazenda. Logo que ultrapassaram a porteira, Otávio acordou e sentiu vontade de chorar. Já na sede, doutor Archimedes trouxe o filho no colo até o quarto, deitou-o na cama e o cobriu com a manta. Ficou observando o garoto. Você é um menino bom, Tavinho. Incapaz de fazer mal ao papai e a mamãe. Antes de sair, beijou o menino. Otávio não se lembrava de já ter recebido um beijo do pai.

Dormiu.

E o que foi feito de seus sonhos?

Os risinhos delas. Impostoras. Elas se olhavam no espelho.

Mãe, você está aí?

No dia seguinte, Otávio se levantou com as galinhas, estava escuro ainda, e se lembrou de ontem e do presente de Páscoa que recebera. Afinal, uma criança não podia ficar sem um ovo, ou mesmo sem um coelhinho. Mas não tinha. Ontem não tinha. Nem coelhinho de verdade, não tinha. Então ganhou das moças que moravam no casarão, as amigas de seu pai, um pintinho. Feliz Páscoa, Tavinho, um menino muito fofo, você!

* * *

Otávio sentiu a vida pulsando dentro do quarto quando acordou. Segurando o recém-nascido que ele tirou da caixa de papelão ao lado da cama, as mãos em conchinhas, a emoção de sentir a vida palpitar sob a penugem. A mãe é que tinha razão, frango é bicho que nasce já esperando morrer. É natural o coração dele parar no prato da gente numa farofa de miúdos, almoço de domingo. Os nossos então, Tavinho! Livres de hormônio! Para ele, normal era espeto de churrascaria. Em dias de almoço-rodízio, em São Paulo, olhava para o prato e fazia as contas de cabeça, quantos corações! Nessa madrugada, na fazenda, enquanto a vida em seu colo esperava mais um pouco, lembrou-se da água fervente que despejava a realidade, breve, sobre a galinha, pelas mãos da cozinheira da fazenda. A bichinha, uma das mais gordas do galinheiro. Era o que a Matilde sempre dizia. Pouco antes, a ave tinha sido paralisada, agarrada pelas pernas. Vão lhe fazer a barba? Assim como o pai fazia todas as manhãs? Imediatamente virada de cabeça para baixo, o pescoço esticado, em lugar da navalha o facão, o pescoço esfaqueado gotejou o sangue fresco, escorrendo na tigela de louça branca, um contraste irresistível. Voltando à segunda etapa do processo, a água fervente era necessária para tornar leve o ato de depenar. Depois a lenha em brasa, o fogo aceso sapecou a galinha, concluindo a limpeza da pele. Cheiro inconfundível de sábado. Feriado prolongado. A fazenda. Almoço em família.

Quero saber como faz. Pensou Otávio, olhando o pintinho. Acho que seria bom brincar disso. A impaciência dele em experimentar a brincadeira durou até a tardinha daquele mesmo dia em que acordara de madrugada e passara o tempo todo pensando, acho que seria bom brincar disso. Foi no fundo do pomar de muitas árvores frutíferas das quais a mãe se orgulhava. E nem por um instante Otávio vacilou. Ao contrário, todos os sentidos despertos, voltados para o principal ingrediente do prato único a ser saboreado. Em plena clareira, próxima ao muro que dava para o canil, ele atraiu para si o pinto como um bebê que carregasse no colo. O bicho se pôs a piar como se soubesse que jamais saltaria de um poleiro ao outro. Ficou piando, piando, sendo amassado contra o coração de Otávio. Aquele som que se dividia em intensidade com a respiração do menino, aquele som tão nítido foi aos poucos se deformando, foi se compassando cada vez mais. Escapou-lhe das mãos. Caído no chão de terra, tinha os olhos reluzentes como se fossem pedras preciosas. Otávio aproveitou para admirar o raio de sol que batia e fazia brilhar também as asas. Imaginou um anel com o qual resolveu enlaçar o pezinho do bicho. Deu o nó no barbante e o arrastou por entre as árvores. Era um rei. Num bosque. De volta à clareira, o filho de doutor Archimedes e de dona

Maria Eugênia tinha montado ali uma espécie de altar de missa cuja delimitação respeitava, de um lado, uma jabuticabeira e uma goiabeira; de outro, dois abacateiros, devidamente equidistantes, como se aquela parte do pomar tivesse sido arquitetonicamente planejada. Ele estava alerta. Mas, a princípio, se afobou e tentou arrancar uma das penas a seco. Lembrou-se de Matilde. E foi buscar o caneco de água fumegante, fervida no fogãozinho construído com tijolos e alimentado por gravetos, pedaços de pau de cerca, folhas secas, quanta fumaça! Entre as mãos e o alumínio quente, um pano de prato velho, emprestado da cozinha, virou pegador de panelas, e depois serviu para cobrir o pinto, já limpo, protegê-lo das moscas, como se fazia com as quitandas - nome engraçado - recém-saídas do forno, cheirosas, em cima da pia. Sobre o bicho, então, o pano de prato. Sobre os tijolos, a chapa, recortada de uma lata esquecida. Juca também teria ajudado a preparar esta parte da aventura. O brilho luminoso do óleo, despejado, untando a superfície. Otávio já terminara de destrinchar a ave pelas juntas. Serviço bem feito. Será, será que a Matilde aprovaria? Por sobre o óleo, crisparam as asas, as coxas, o peito. E foram formando uma capa crocante, envolvente da carne branca. O banquete estava pronto.

E como não imaginasse a mãe de Otávio apareceu para o banquete.

Mãe e filho se encararam.

Otávio baixou os olhos.

O pinto grudara um pouco à chapa. A mãe com seu sorriso amigável, quando Otávio esperava um sorriso de mãe. Usando a espátula improvisada, o menino descolou as porções, a pele colada ao metal deixou uma borra espessa, perfeita como base para uma farofa. Mas a decepção Otávio revelou: Isso eu ainda não aprendi, mãe. Os latidos do Pancho no canil chamaram a atenção de Otávio e abafaram o som da voz de dona Maria Eugênia. Observando o filho se afastar e seduzir o cachorro, ela abanou a fumaça com um papelão disponível ao lado dos tijolos empilhados, tentou apagar o fogo e disse, mesmo sem ser ouvida: Ainda é cedo, filho. Algum resto da ave terminou de esfarelar, quando transposto para os pratinhos que Otávio também trouxera da cozinha, e eles brincaram de comer, levando à boca os talheres cheios de nada, o movimento do guardanapo de mentira nos cantos dos lábios.

Estava anoitecendo.

Escrevo aqui sozinha, ninguém por perto. Já não raciocino, o que deu em mim? Estou incapaz de guardar na memória o que escrevi. Eu que pensei que fosse capaz. As pessoas dizem que estou exagerando. Acontece que, por Otávio, era simples eu sofrer e ser feliz. Ele nunca mais apareceu. Na família de Dona Lilá. Nas reuniões marcadas na Mina. Sumiu. O meu amor por ele não serviu pra nada. O que sonhei, a cadeira de praia, os pés encobertos na areia, o chapéu de aba larga, o laço de fita de gorgorão preto combinando com os óculos de sol, a pele protegida pelo filtro quarenta, nada. Minha mãe me vê largada na cama: A culpa não é sua, homem é assim mesmo. Bem que te avisei pra manter certa distância, minha filha. Mas não, é muita desgraça. Ainda ontem ela disse: Vai passar, vamos orar que Jesus é poderoso e ele não deixa a gente sofrer em vão. Por que, mãe? Por quê? Ao longo dos meses em que dormimos juntos, tinha certeza de que estivéssemos consolidando um relacionamento, eu era bastante segura de que ele sentia afeto por mim. Esse sentimento jamais chegou a ser outro, mas isso não foi problema entre nós. Nunca me convidou para uma pizza nos dois ou três restaurantes que servem de opção às pessoas da nossa sociedade, o que pouco adiantou, porque o povo sabia, ao final, todo o mundo ficou sabendo. Achei que a Silvinha ia cair num faniquito. Menos mal, apenas gritou que eu era uma dissimulada, uma tal de Rílare por quem o patrão suspirava, mas com quem jamais se casaria. A Clara me olhou daquele jeito dela, os olhos num sussurro, disse que assim, fazendo às escondidas, eu tinha traído a família inteira. Pode ser que eu me sinta viúva de marido invisível e esteja ficando maluca por cultuar sua memória. Pensei que ele fosse dar provas de amor, que atrevimento pensar! De uns tempos pra cá, quando vou à rua, acho estranho, tenho a sensação de que tudo se apaga, como se não fosse eu e não estivesse ali. Quando acontece, volto pra casa e escrevo. Impedida de estar com ele, tenho vontade de sair de mim mesma, apoiada ao capô da *Pajero*, Otávio começou a simular uma valsa, abraçado à cintura de Rílare, de mãos dadas com ela, as mãos erguidas no ar, passos largos, para um lado, para o outro, para frente, para trás, lentamente, e então mais rápido, até rodopiarem alucinados. Otávio olhou para cima e viu que o céu rodava. Eles se abraçaram. Rílare se afastou. Seguindo em vertigem, foi na porta da *Pajero* para abri-la e, no banco de trás, buscar lá dentro uma das folhas cor-de-rosa, embolada, para desamassá-la e construir com ela um avião de papel. Otávio disse que Rílare devia procurar ajuda, um médico, uma terapia, ele fazia questão de pagar. Ela achou, talvez, podia ser que sim. Somente não concordou que estivesse doente. Quando a mãe, Dona Lilá e as meninas decretavam que ela tivesse problemas. Enquanto ouvia isso, até mesmo de Otávio, Rílare suspendeu com as pontas dos dedos o avião de papel. Numa das mãos, os olhos no brinquedo que construíra. Uma criança de dois anos o teria feito. Sobrevoou com ele Ouro Preto, Congonhas, Sabará, São João del-Rei, Tiradentes, Diamantina, a Estrada Real, qualquer uma, qualquer outra, a cidade, a megalópole, e viu lá de cima avenidas, viadutos, lixões, vias expressas, ruas, as pessoas, que só trabalham, correm, levantam pesos, engordam, emagrecem, jogam, bebem, fumam, cheiram, embriagam-se de energéticos, ansiolíticos, indutores do sono, antidepressivos, quanto mais forte a mágoa, não, não se trata de um lugar, lá atrás, não é uma construção.

Agradecimentos:

A Lafaiete, minha cidade e personagem.

A minha família, famílias amigas e conhecidas, minhas ficções.

A Fabiano Fernandes Silva Araújo, pela profissão de Otávio.

A Tatiana Lima, pela profissão de Clara.

A Vivian Vieira, por ter me apresentado a Londres de Otávio e Clara.

A Inácio Afonso Valadares da Silva, pelos papos encorajadores.

A Eveline Juncal Victória, pelas conversas sobre as mulheres.

A Cristiane Fernandes Silva Araújo, pela vida inteira.

A Alexandre Velho, pelo carinho e pela leitura cuidadosa e precisa.

A Rosangela Dias e à equipe da Apicuri, pela força.

A Jozias Benedicto, pelos comentários e pela edição.

A Manoel Novello, pela arte da capa.

A Suzana Vargas, pela Estação das Letras.

Aos participantes do Laboratório de Vivência Literária, pela paciência.

A Carola Saavedra, Cláudia Lage e Luiz Ruffato, minha profunda gratidão.

1ª edição – setembro de 2014
Capa: Cartão supremo 250 g/m^2
Miolo: Pólen bold 90 g/m^2
Fonte: Legacy Sans – texto
Museo Sans – títulos